KB078522

天魔神教
洛陽本部

천마신교
낙양본부

천마신교 낙양본부 9

정보석 新무협 판타지

초판 1쇄 찍은 날 § 2021년 2월 24일
초판 1쇄 펴낸 날 § 2021년 3월 3일

지은이 § 정보석
펴낸이 § 서경석

편집책임 § 김범석
디자인 § 노종아

펴낸곳 § 도서출판 청어람
등록번호 § 제387-1999-000006호
등록일자 § 1999. 5. 31
어람번호 § 제2-2863호

주소 § 경기도 부천시 부일로 483번길 40 서경B/D 3F (우) 14640
전화 § 032-656-4452 팩스 § 032-656-4453
http://www.chungeoram.com
E-mail § chungeorambook@daum.net

ISBN 979-11-04-92320-3 04810
ISBN 979-11-04-92204-6 (세트)

天魔神教
洛陽本部

정보석 新무협 장편소설

FANTASTIC ORIENTAL HEROES

천마신교
낙양본부

9

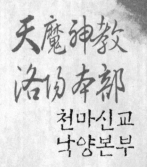

天魔神教
洛陽本部

천마신교
낙양본부

次例

第四十一章

[아시스?]

운정의 물음에 노움은 그를 돌아보며 물었다.

[아는 이름인가?]

운정은 고심에 찬 머혼 백작이 느린 걸음으로 계단을 올라가는 것과, 그런 그의 뒤를 조용히 따르는 로튼을 보았다. 로튼이 들고 있는 횃불에서 나온 빛이 지하 창고에서 완전히 사라지고, 그 무엇도 보이지 않는 어둠이 방을 가득 채웠다.

운정은 워메이지가 있던 곳을 바라보았지만, 오로지 흑암만이 그를 반길 뿐이었다.

[아직 저곳에 있는 것 맞지?]

운정의 질문에 노움은 눈을 감고 조용히 집중하며 말했다.

[은은한 진동이 느껴지는 걸 보면 있다.]

[넌 아직 볼 수 있는 건가?]

[나는 네가 말하는 그 본다는 게 뭔지 알 수 없어. 빛을 이용한 감각은 내게 없으니까.]

[……]

노움은 이상하다는 듯 운정을 보다가 곧 이해했다.

[아, 빛이 사라져서 더 이상 볼 수 없나 보군.]

[흐음, 나도 더 물어보고 싶은 것이 있는데.]

[네 의식을 드러내는 건 위험할 수 있다. 네 육신과의 거리가 너무 멀어. 이제 슬슬 돌아가는 것이 좋을 것 같은데.]

[하는 수 없지.]

운정은 노움의 손을 잡았고, 노움은 그를 이끌고 땅속으로 스르륵 사라졌다. 땅속의 길을 한참 유영하던 그들은 곧 운정이 기거하는 저택의 귀빈실에 도착할 수 있었다.

[운정! 나만 쏙 빼놓고!]

운정은 칭얼거리는 실프를 보며 미안한 표정을 지었다.

[아, 미안해. 처음에 말을 건 것이 노움이어서, 이번엔 그와 함께 움직여 봤어.]

실프는 볼을 빵빵하게 키운 채 노움을 노려봤지만, 노움은 그녀를 쳐다도 보지 않고는 근엄하게 말했다.

[그럼 난 정령계로 돌아가 보겠다. 유희는 생각보다 참으로 피곤하군.]

그렇게 말한 노움은 운정의 단전 속으로 파고들어 갔다. 실프는 그런 그와 운정을 번갈아 보다가 곧 빽 하고 소리를 질렀다.

[나도! 나도 놀아요!]

운정은 힘없는 미소를 지었다.

[이 이상은 힘들어. 나도 회복해야지.]

[우이씨!]

[한 번씩 번갈아 가면서 놀아 줄게. 그래야 공평하지 않겠어?]

실프는 여전히 불만스러운 표정을 지었지만, 그 기세가 확 꺾였다. 항상 발랄하게 꼬여 있던 머리카락들이 서서히 펴지면서 내려앉았고, 하늘하늘거리던 그녀의 옷도 그녀의 몸에 쫙 달라붙었다. 그녀는 울상을 지으며 운정의 육신으로 들어가며 말했다.

[알겠어요. 다음엔 꼭이에요.]

실프는 그렇게 운정의 육신으로 모습을 감추었다.

운정은 작은 미소를 짓더니 곧 그도 명상을 통해 그의 육신으로 들어가려 했다.

"뭐 해?"

갑작스러운 목소리.

그것은 의식을 통해서 들리는 소리가 아닌 귀를 통해서 들리는 소리였다. 운정은 놀란 표정으로 뒤를 보았다.

그곳에는 그가 잘 아는 하이엘프가 장난기 어린 표정으로 서 있었다.

운정이 말했다.

"제 집중을 흩뜨리지 마시지요."

운정의 말에 하이엘프는 안으로 들어오며 말했다.

"이런 다 죽어 가는 나무 안에서 홀로 명상이라도 하면 마법을 깨우칠 줄 알았어, 임모라?"

임모라는 그 말을 듣고 주변을 살펴보았다. 그곳은 마치 조금 큰 토끼 굴과 같았는데, 차이가 있다면 땅이 아니라 나무 줄기 안이라는 점이다. 갈색과 회색을 섞어 놓은 듯한 줄기 안은 아주 오래된 나무의 것이 틀림없었다.

그리고 그것을 인지하자마자 코를 찌르는 강한 냄새가 있었다. 분명 생기가 가득했지만 동시에 썩은 내가 섞인, 생과 사가 항상 공존하는 자연 날것의 냄새였다.

임모라가 말했다.

"이 고목은 발구르 숲의 시작입니다. 발구르 숲에 존재하는 모든 식물은 이 고목으로부터 이어졌으며 발구르 숲의 모든 생명체는 이 고목의 은혜를 입었습니다. 숲을 탄생시킨 이 위대한 고목에겐 불가능이란 없습니다."

하이엘프의 한쪽 입꼬리가 미묘하게 꼬였다. 분명 비웃음을 참고 있는 것이다.

그녀는 구멍 안쪽 한 면을 슬쩍 뜯어보았다. 그러자 고목의 줄기 조각은 힘없이 그 속내를 보여 주었다. 진액이 길게 이어지고, 그 안에서 꿈틀거리는 기생충들이 온갖 악취를 풍겨 대기 시작했다.

하이엘프가 말했다.

"이 정도면 그냥 죽었다고 봐도 무방하네. 이대로는 숲에 전혀 도움이 되지 않겠어."

임모라는 다시 딱 하고 눈을 감으면서 말했다.

"당신은 위대한 하이엘프임이 틀림없습니다만, 나무를 심판할 권리도 판단할 권리도 없습니다."

"그래? 그럼 아보리스트(Arborist)라도 부르지 뭐."

임모라는 더 이상 참을 수 없었다. 그는 자리에서 벌떡 일어나며 하이엘프에게 일갈했다.

"제 말씀을 못 들으셨습니까! 이 고목은 지켜져야 마땅합니다. 아보리스트 그놈들은 이걸 재로 만들 거라고요."

하이엘프는 재밌다는 듯 임모라를 보았다.

"재밌네. 이 나무를 판단할 권한도, 심판할 권한도 내게 없다 한 네가, 아보리스트가 어떻게 이 나무를 판단할지 혹은 심판할지 안다는 거야?"

"……."

"크큭, 분노한 표정이라니… 넌 진짜 따분한 엘프들보단 확실히 재밌어."

임모라는 이 하이엘프의 목적을 정확히 알았다. 그녀는 그냥 따분한 것이다. 그래서 그를 찾아왔고, 그를 놀리는 것이다.

임모라는 화를 가라앉히면서 자리에 앉았다.

"됐습니다. 도대체 제가 여기 있는지는 어떻게 아셨습니까?"

하이엘프는 눈을 동그랗게 뜨더니 말했다.

"그야 내 냄새를 묻혔으니까. 몰랐어?"

임모라의 표정은 삽시간에 당황으로 물들었다.

"저, 정말입니까?"

"응. 넌 꽤 특별하니까. 내가 나중에 어머니가 되면 네 씨앗은 꼭 있었으면 좋겠는데?"

맑게 웃는 하이엘프는 임모라의 심장을 옥죄는 미소를 지었다.

모든 수컷에게 가장 이상적인 암컷으로 보일 수 있는 하이엘프의 능력은 같은 엘프라고 해서 예외가 아니다.

임모라는 그 아름다움이 만들어진 것임을 스스로에게 상기시키면서 들뜨는 기분에서 최대한 벗어났다.

그가 나지막하게 말했다.

"그래도 위험하지 않습니까. 당신이나 나나 같은 어머니로부터 나왔는데. 제 씨앗으로 아이를 품었다가 불량이 나오면 어떻게 합니까?"

"1세대 정도는 괜찮아."

"그니까, 저희가 1세대인지 아닌지 어떻게 압니까?"

"어머니한테 물어봤어."

"예?"

"어머니한테 물어봤다고. 너랑 내가 같은 씨앗에서 왔는지. 아니라는데?"

"어, 어머니가 질문에 대답해 주셨습니까? 직접?"

"응. 왜?"

임모라는 벌린 입을 다물 수가 없었다.

어머니와 직접 대화했다는 것은 하이엘프라 할지라도 꿈에서나 있을 법한 일이다. 하이엘프는 여타 엘프들보다 쉽게 어머니에게 말을 걸 수도, 어머니의 말을 들을 수도 있지만, 그렇다고 자기 질문에 대답을 받을 정도로 확실한 대화를 하는 건 아니다. 대부분은 일방적인 선에서 끝난다.

만약 한 번이라도, 한마디라도, 어머니가 자신의 질문에 대답해 주었다면 평생 다른 하이엘프들에게 자랑할 만한 일이다.

임모라는 고개를 도리도리 흔들었다.

"그 정도의 총애를 받으시면서, 한낱 그딴 질문으로 낭비하셨습니까?"

"그딴 질문이라니. 네 씨앗을 받는 일은 한낱 그딴 일이 아니야."

"……"

"너도 알잖아. 너 꽤 특이하다고. 특이한 것에 이끌리는 것이 하이엘프의 본능이니까. 너 생각보다 인기 많다고."

"자, 장난치지 마십시오."

"진짜야? 가끔 만나는 혈맹 중에도 네 안부를 묻는 하이엘프가 있는걸?"

"혀, 혈맹에서요? 어두운 굴속에서 사는 그들이 제게 무슨 볼일이랍니까?"

하이엘프는 고개를 돌려 입구 쪽을 흘겨보면서 말했다.

"그러니까, 이렇게 쓸데없이 마법을 부려 보겠다고 혼자 있지 말라고. 언제 누가 어떻게 네 씨앗을 탐낼지 알아? 흠흠. 되지도 않는 마법은 그만두고, 같이 돌아가자."

임모라는 그녀의 뒷모습을 물끄러미 보다가 이내 툭하니 말했다.

"그래서 절 찾아오신 겁니까? 혹시라도 제 씨앗을 빼앗길까 봐?"

하이엘프는 임모라를 쳐다보지도 않고 말했다,

"응."

"……."

"……."

단 한마디의 대답이었지만, 임모라는 이루 말할 수 없는 충격을 받아 더 이상 사고를 이어 나갈 수 없었다. 그는 한동안 멍한 표정을 짓다가 곧 말했다.

"전 씨앗을 남길 생각이 없습니다."

"알아. 그래서 지켜 주잖아. 그런 생각이 들 때까지."

"뭐 하러 그럽니까? 제가 그런 생각이 들면 말씀드리겠습니다."

"첫 씨앗이 가장 건강하다는 거 몰라? 행여나 다른 년이 가로채면 안 되지."

"그거, 증명되지 않은 낭설입니다. 모르십니까?"

"아는데, 기분이란 게 있잖아? 첫 씨앗이 아니면 나도 싫어. 딴 년들이 먼저 채집하고 남은 걸 가져가라고? 차라리 포기하고 말지. 내가 어머니가 될 때 내 모든 자식들은 첫 씨앗으로만 할 거야."

"그게 무슨 의미가 있다고 그러십니까? 허영심에 불과하니다. 그렇게 이것저것 가려 가면서 씨앗을 얻으면 건강한 어머니가 될 시기를 놓칠 겁니다. 나중에 분명 허겁지겁 씨앗을 모으다가 결국 병든 자식들만 내놓겠지요."

"허영심? 큭큭. 넌? 네겐 허영심이 없어서 여기서 마법을 익히려는 거니?"

"……"

"숲을 시작한 고목에 신비한 힘이 있다는 건? 그건 증명된 거야? 그래서 요 근래에 발구르 숲의 온갖 나무들을 뒤지고 뒤져서 이 고목을 찾아낸 거니? 네가 마법을 부리고 싶어 하는 건 허영심이 아니고? 네가 마법을 부리는 게, 네가 하는 일에 무슨 도움이 되는데?"

"그냥 할 일 없는 시간을 때우는 취미입니다. 저희 일족은 조화성이 높아서 디사이더(Decider)가 할 일이 많이 없지 않습니까?"

"그럼 공부해야지. 여기저기 결정을 내려 주려면 온갖 걸 다 알아야 하잖아."

"벌써 십 년을 섬겼습니다. 이제 어차피 제 수명도 얼마 남지 않았습니다. 나무가 되기 전, 제가 하고 싶은 걸 하게 두면 안 됩니까?"

"그건 그냥 통계일 뿐이야. 하이엘프인 내가 보장하는데 넌 아직 정상이야."

"당신은 위대한 하이엘프임이 틀림없습니다만, 엘프를 심판할 권리도, 판단할 권리도 없습니다."

"하핫. 그래, 그렇지."

"네, 그렇습니다."

"그니까, 씨앗을 줄 생각 진짜 없어?"

임모라는 단호하게 고개를 저었다.

"통계상으로 보면 디사이더로 십 년을 섬긴 전 이미 불량입니다. 제 씨앗도 마찬가지일 가능성이 큽니다. 당신에게 해를 끼치고 싶지 않습니다."

"그래도 내가 좋다는데?"

"그래서 더더욱 안 됩니다. 당신처럼 변덕스러운 하이엘프의 판단을 어떻게 믿습니까?"

"변덕스러운 하이엘프가 있어야 엘프에게도 발전이 있지. 마법혁명을 일으킨 인간을 봐. 솔직히 다들 느끼잖아? 그래서 요즘은 어머니들이 나같이 변덕스러운 하이엘프들을 많이 낳고 계시지. 나도 생각이 같아. 그래서 네 씨앗을 원하는 것이고."

"그만큼 불량이 많아지는 것도 사실입니다."

"그게 유행이라고, 요즘은."

"……."

"네가 우리 하이엘프들 간의 치열한 싸움에 대해서 뭘 알겠니. 아무튼 네 첫 씨앗은 무조건 나한테 먼저 주는 거다?"

"그냥 품고 죽을 테니 그럴 일은 없습니다."

"아 글쎄, 있다는 전제하에. 알았지?"

"……."

"알았지?"

"예."

"좋아. 약속은 지켜."

하이엘프는 그렇게 툭하니 말한 뒤에 손가락으로 인사한 뒤 훌쩍 입구 밖으로 뛰었다. 순간 임모라는 앞으로 튀어나오듯 하며 입구로 얼굴을 내밀고 아래를 보았다.

"여기 높이가 얼마나 되시는 줄… 하아."

막 비행마법을 펼치며 날아오르는 하이엘프를 본 임모라는 가슴을 쓸어내렸다. 하이엘프는 금세 하나의 점이 돼서 저 멀리 사라지고 있었다.

"운정 도사?"

나무 전체를 울리는 듯한 그 목소리에 임모라는 눈살을 찌푸렸다. 그는 사방을 둘러보았지만, 그곳에는 칙칙한 나무줄기밖에 없었다.

"운정 도사?"

두 번째로 똑같은 소리를 듣고서야 임모라는 그 말이 자신의 머릿속에서 울린다는 사실을 깨달았다. 그리고 그 즉시 그는 또 다른 사실을 알게 되었다.

그의 눈은 감겨 있다는 것을.

"운정 도사?"

눈앞에 보이는 나무줄기.

임모라는 분명 그것을 바라보고 있었지만, 그의 눈 역시 분명 감겨 있었다. 눈이 감긴 채로 어떻게 보는 것일까?

그것을 깨닫자마자 곧 시야가 점차 희미해지기 시작했다. 동시에 모든 것이 색깔을 잃어버리며 흑백으로 변해 버렸다. 또한 어둠이 서서히 시야 밖에서부터 차오르기 시작하며 곧 그의 눈앞의 모든 것이 검게 물들었다.

운정은 눈을 떴다.

"후우……."

심호흡을 내뱉은 그는 앞에서 그를 부른 하녀를 보았다. 하녀는 긴장한 표정으로 물었다.

"Goodness. Have you slept sitting up all night?(어머, 밤새 앉은 채로 주무셨어요?)"

하녀의 질문에 운정은 멍한 표정을 지은 채 아무런 말도 하지 못했다.

분명 몸은 개운했고 정신은 맑았다. 전신에 활력이 가득해 당장에라도 무공을 펼칠 수 있을 것 같았고, 눈과 귀로 들어오는 빛과 소리는 그것의 가장 작은 단위까지 차이를 느낄 수 있을 만큼 날카로웠다.

하지만 그보다 더욱 근본적인 무언가가 꽉 막혀 버린 듯했다. 현실이 현실로 느껴지지 않는 묘한 기분. 아직까지도 꿈속을 헤매는 듯한 기분. 마치 물에 젖은 천으로 입와 코를 막고 숨 쉬는 듯한 답답함이 느껴졌다.

"괜찮습니다. 자주 이럽니다."

운정은 애써 그 기분을 털어 버리려고 억지로라도 미소를 지었다. 어둡지만 그래서 더 매혹적인 미소를 본 하녀는 도저히 눈을 마주치지 못하고 고개를 홱 돌리며 말했다.

"그, 원래는 저희가 몸을 씻겨 드려야 하는데 레이디 아시스께서 대련을 부탁하셨습니다. 승낙하신다면 땀을 흘리신 뒤에 씻는 것이 맞을 듯해서 어떻게 하실지 여쭙고 싶습니다."

운정은 아시스란 이름을 듣고 그녀를 머릿속으로 떠올렸다. 아름다운 드레스를 입었던 그 금발의 여인은 중원에서도 찾아보기 어려운 미색을 갖추고 있었다. 운정에겐 아직 어색한 색목인이지만, 그녀의 아름다움은 인종의 차이조차 초월했다.

지금까지 봐 온 바로는, 파인랜드엔 내공의 개념이 없는 듯하다. 근력을 내기 위해선 실제로 근육을 사용하는 방법밖엔 없을 것이다. 그렇다면 한없이 여성적인 그녀의 몸으로 어떤 무술을 선보일 수 있을까?

운정은 고개를 끄덕이며 말했다.

"바로 가겠습니다. 어디로 가면 됩니까?"

하녀는 물 한잔을 따라 그에게 건네며 말했다.

"제가 안내하겠습니다. 전에, 물 한잔 드세요."

운정은 물을 마시며 태극마검을 들고, 하녀를 따라 나갔다.

그들은 그렇게 저택 뒤편에 마련된 야외 수련장에 도착했다.

한쪽에 마련된 큰 진열대에는 수없이 많은 갑옷들과 무기들이 즐비하게 있었고 그 앞쪽으론 사람의 형태를 한 목각 인형들이 있었다. 그리고 아무것도 없는 텅 빈 중앙에는 아시스가 검을 내지르고 있었고, 멀찍이 그녀의 하녀로 보이는 두 여인이 대기하고 있었다.

"후우. 후우. 후우."

호흡을 하며 아밍소드(Arming Sword)를 들고 한 번씩 휘두르는 아시스는 전신이 땀으로 젖어 있었다. 간편하게 입은 흰 티셔츠는 상체에 달라붙어 속옷과 여체를 여과 없이 보여주었다. 긴 머릿결은 하나의 꼬리처럼 묶여 있었지만, 이리저리 삐져나온 몇몇 가닥은 젖은 채로 그녀의 목에 붙어 있었다.

다소 색정적인 모습이나, 그녀는 그런 것에 전혀 신경 쓰지 않았다. 오로지 일 검, 일 검 앞으로 내지르는 것에만 모든 신

경을 집중했다. 운정은 그녀를 방해하지 않기 위해서 멀찌감
치 서서 그녀를 지켜보았다.

장검은 그 끝이 전혀 흔들리지 않고, 매번 정확한 궤도를
따라 움직였다. 마치 공중에 길이 있는 것처럼, 그곳에서 절대
로 벗어나지 않았다. 수십 번 수백 번을 휘두르다 보면 몸이
지쳐 검격을 똑같이 유지하기 어려운데, 그녀의 검격은 호흡
과 마찬가지로 완전히 일정했다.

"후우. 하아. 하아."

마지막 일 검을 내지른 그녀는 검을 검집에 넣었다. 그리고
이마를 쓸어내리며 숨을 몰아쉬었는데, 문득 운정이 그녀를
보고 있다는 것을 깨달았다.

눈이 마주치자 운정이 포권을 취했다.

"대련을 하고 싶다고 들었습니다."

아시스의 얼굴이 환해졌다. 그녀는 저 멀리 있던 하녀에게
손짓했고, 그러자 그 하녀는 걸어오면서 검지만 한 유리병 하
나를 품에서 꺼냈다. 그 안에는 진한 핏빛의 물이 담겨 있었
다. 아시스는 그것을 받으며 말했다.

"잠은 잘 주무셨습니까? 혹 괜찮으시다면 바로 중원의 검술
을 보고 싶습니다."

"지쳐 보입니다. 괜찮습니까?"

운정의 질문에 아시스는 유리병의 마개를 열고 그 안의 내

용물을 단숨에 입에 털어 넣었다. 맛이 썩 좋지 않은지, 얼굴을 살짝 찡그린 그녀가 말했다.

"이제 괜찮습니다."

아시스는 미소를 지었다. 그리고 그와 동시에 얼굴의 혈색이 갑자기 좋아지기 시작했다. 운정은 무림인의 감각으로 그녀의 체력이 단숨에 회복된 것을 느꼈다.

"방금 그것으로 쉰 것입니까?"

"예?"

"그, 쉬는 것과 같습니까?"

아시스는 운정의 어눌한 말을 알아듣고는 설명해 주었다.

"아, 네. 운정 도사께서 어젯밤에 잡으신 오우거의 피로 만든 포션(Potion)입니다. 뭐, 몸속의 마나를 돌려 아무 소비 없이 몸을 회복할 수 있는 중원인들의 눈에는 신기할 것이 없겠지만요."

"충분히 신기합니다. 무공은 그렇게 빠르지 않습니다. 게다가 위험합니다."

"그런가요? 흐음. 재밌네요."

운정이 물었다.

"그럼 바로 대련이 가능하십니까?"

아시스는 고개를 끄덕였다.

"예, 물론."

그 말을 들은 운정은 태극마검을 검집에서 꺼내 들었다. 그러자 그의 옆에 섰던 하녀가 재빨리 다른 하녀들이 있는 곳으로 걸어갔다. 둘은 서로를 바라보며 대치했고, 아시스가 먼저 공격했다.

휙. 휙. 휙.

야외 수련장에는 바람을 가르는 짧은 소리가 연속적으로 울려 퍼졌다.

운정을 향해 쏟아지는 아시스의 검은 정직했다. 검격 하나하나에 적절한 힘과 속도가 실려 있었고, 무엇보다도 매우 안정적이었다.

운정을 간발의 차이로 피하면서 그 흐름을 보았다. 그녀의 검은 무작위로 휘둘러지는 것이 아니라 어떤 기본적인 질서를 갖추고 있었는데, 운정은 오히려 그런 검에 친숙했다. 때문에 그 흐름을 간파하는 것은 너무나 쉬웠다.

검격이 대략 삼십 번을 넘어갔을 때, 운정은 아시스의 검술에 대한 모든 것을 파악했고 심지어 그대로 따라 할 수 있을 것 같았다. 무공의 현묘함은 겉으로 보이지 않는 내공의 운용으로부터 나오는 것인데, 내공 자체가 없는 파인랜드의 검술은 중원의 검술과 비교해선 껍데기에 불과했다.

확실히 무술에 있어서는 파인랜드의 것이 중원의 것보다 훨씬 뒤처지는 것 같았다. 이는 마치 중원의 술법이 파인랜드의 마법보다 훨씬 뒤처지는 것과 동일한 셈이다.

운정은 태극마검을 휘두를 것도 없이 오른손을 들어 아시스의 검면을 옆으로 흘려 버렸다.

"아?"

당황한 표정의 아시스의 품 안으로 파고든 운정은 검을 들고 있는 그녀의 오른쪽 손목을 왼손으로 잡고는 혈을 살짝 짚었다. 그러자 찌르르한 고통을 느낀 그녀가 자신의 검을 놓쳐 버렸다.

아시스는 순간 무슨 일이 벌어졌는지 전혀 이해하지 못했다. 그러다가 땅에 떨어진 자신의 검을 발견하고 나서야, 자신이 검을 놓쳤다는 사실을 깨달았다.

그녀의 얼굴이 시뻘게지자, 운정은 그녀의 손목을 놔주었다. 아시스는 자신의 검을 집어 들고는 운정에게 말했다.

"다시."

운정이 고개를 끄덕이자, 그녀는 다시금 공격을 감행했다.

챙ㅡ!

지금껏 단 한 번도 검을 막은 적이 없는 운정이 처음으로 아시스의 검을 막았다. 한데 그 모습에서 묘한 위화감을 느낀 아시스는 한 걸음 뒤로 물러나며 운정을 보았다.

그녀는 운정의 모습에서 아주 익숙한 자세를 보았다.

"설마?"

그녀의 말에 운정은 말없이 미소를 지을 뿐이었다.

아시스는 믿을 수 없다는 표정을 짓고는 다시금 검을 찔러 넣었다.

챙—!

챙—!

챙—!

세 번 다 검이 막히자 아시스는 더 이상 대련이 아무런 의미가 없다는 걸 깨달았다.

그녀가 분한 표정을 참아 내면서 말했다.

"무의 축복을 받았군요. 눈으로 몇 번 본 것만으로도 그렇게 따라 할 수 있다니."

"……"

"검을 바꿔도 될까요?"

운정은 의문이 들었다. 다른 검법을 선보일 줄 알았는데, 무기를 바꾸다니? 그렇다면 지금까지 주 무기를 사용하지 않은 것일까?

운정은 일단 고개를 끄덕였다.

"예."

아시스는 옆에 있는 하녀에게 말했다.

"레이피어(Rapier)로 하죠."

그녀의 말에 하녀 중 한 명이 레이피어 두 자루를 가져왔다. 아시스는 아밍소드를 내주고 레이피어를 양손에 들고는 하나를 운정에게 내주는 시늉을 했다. 그제야 운정은 자기도 그 검을 쓰라는 뜻인 줄 알아듣고 말했다.

"전 제 검을 쓰겠습니다."

아시스는 고개를 갸웃했다.

"레이피어를 상대로 아밍소드를 계속 쓸 겁니까?"

운정은 그 단어들을 잘 몰랐기에, 같은 말을 반복했다.

"전 제 검을 쓰겠습니다."

아시스는 운정을 빤히 보다가 곧 고개를 끄덕이고는 레이피어 한 자루를 하녀에게 건네주었다. 그러곤 운정을 향해 자세를 잡았다.

허리를 꼿꼿이 세우고, 왼손으로 뒷짐을 지고, 다리 하나를 굽힌 그 자세는 전과는 풍기는 분위기부터 달랐다. 운정은 태극마검을 그대로 잡은 채 태극검의 자세를 취했다.

몇 번의 호흡 후, 아시스가 공격을 감행했다.

풋! 풋! 풋!

전보다 훨씬 날카롭고 높은 파공음이 레이피어의 끝에서 울렸다. 방금 전보다 믿을 수 없을 만큼 빨라서 인간의 근력으로는 피할 수 없는 속도였다.

운정은 더 이상 내력의 도움 없이는 회피가 불가능하다는 것을 깨닫고는 마기를 조금 돌려 태극보(太極步)를 밟았다. 운정은 고개를 살짝 꺾거나, 팔을 살짝 들거나, 혹은 몸을 살짝 트는 것으로 아시스의 모든 공격을 피했다. 가끔 운정의 옷에 구멍을 내긴 했지만, 그의 몸에 닿는 일은 없었다.

그렇게 또 삼십 번 정도 검격을 보고 나니, 운정은 그 검술 또한 모조리 파악했다.

풋!

운정은 찌르고 들어온 레이피어가 공중에 멈추기 직전을 정확하게 노렸다. 왼손을 뻗어 얇은 검신을 두 손가락으로 붙잡았다. 그리고 그 힘을 그대로 받아 몸을 틀면서 검을 앞으로 뽑아내듯 했다. 순간 검을 멈추려던 아시스는 그대로 앞으로 빨려 가는 레이피어에 당황했고, 결국 레이피어를 놓칠 수밖에 없었다.

툭.

땅에 떨어진 레이피어를 보며 아시스는 망연자실한 표정을 지었다. 손가락으로 레이피어를 잡아 손에서 뽑아낸다? 이런 신기는 듣지도 보지도 못했다. 움직임을 완전히 간파하고 또 그것을 바탕으로 앞을 완전히 읽어 내야 한다.

아니, 그걸 넘어서 인간의 반응속도로 그게 가당키나 하다는 말인가?

운정은 아시스를 보며 말했다.

"검이 너무 솔직합니다."

"……"

"혹시, 검마다 무공이 다릅니까?"

"예?"

운정은 아시스가 떨어뜨린 레이피어를 잡았다. 그리고 아시스가 처음 취했던 그 자세 그대로 흉내 내곤 그녀가 했던 찌르기들을 반복했다.

팡! 팡! 팡!

아시스는 공기가 터지는 소리를 들으면서 놀람을 감출 수 없었다. 본인이 했던 검술을 그대로 재연하는 것뿐만 아니라, 그 속도를 눈이 따라갈 수 없었기 때문이다. 특히 검 끝에서 나는 파공음은 그 속도가 눈이 아니라 귀로도 쫓아갈 수 없다는 걸 뜻했다.

운정은 그 뒤에, 레이피어를 고쳐 잡고는 옆으로 베기 시작했다.

휙! 휙! 휙!

바람이 찢어지는 소리가 나는데, 아시스가 정신을 차리곤 말했다.

"레이피어는 그렇게 다루는 것이 아니에요."

"그렇다면?"

"방금처럼… 나 레이피어 좀 줘 봐."

그녀의 말에 하녀 한 명이 레이피어 하나를 더 가져왔다.

아시스는 그것을 들고 자세를 잡더니, 운정의 앞에서 레이피어 검술을 펼쳤다.

"이렇게. 이렇게. 이렇게. 이렇게."

풋! 풋! 풋! 풋!

아시스의 안정된 찌르기를 보던 운정은 그것을 그대로 따라 해 보았다.

팡! 팡! 팡! 팡!

그러곤 만족했다는 듯 고개를 한번 끄덕인 뒤 내력을 끌어올려 레이피어에 담았다. 그리고 앞으로 내질렀다.

팡─!

그 순간 모든 이의 고막을 찢는 듯한 굉음이 야외 수련장 전체를 뒤덮었다. 찔러진 레이피어의 끝에서 가공할 내력이 검기로 돌변해 앞으로 쏘아졌고, 그것은 멀리 있는 한 목각 인형의 중심에 박혔다.

콱!

폭발음이 그 목각 인형의 중심에서부터 터지더니, 그 중간에 사람의 손가락이 들어갈 만한 큰 구멍을 만들었다.

아시스와 하녀들은 그것을 본 자신의 눈을 의심했다. 손을 들어 눈을 비비기도 하고, 눈초리를 모으기도 했지만, 구멍 난 목각 인형은 그대로였다.

"그것이로군, 발경(FaJin)."

아시스는 소리가 난 쪽을 돌아보았다. 그곳엔 눈빛에 이채를 담은 채 팔짱을 끼고 서 있는 로튼이 있었다.

운정이 그에게 말했다.

"검이기 때문에, 검기(JianQi)입니다."

로튼은 천천히 연무장으로 걸어오며 말했다.

"내 제자에게 가르침을 주었으니, 마스터인 내가 가만히 있을 순 없지. 혹 나와도 대련할 수 있겠습니까?"

그 말을 들은 아시스는 침을 꼴깍 삼켰다. 델라이 왕국은 물론이고 파인랜드 전체에서 실력자로 손꼽히는 로튼은 누군가의 대련을 받아들이면 받아들였지 먼저 신청하는 사람이 절대 아니다. 대련은 약자가 강자에게 신청하는 것이 기사들의 관례였기 때문이다.

운정이 레이피어를 내리며 말했다.

"파인랜드의 무공이 몇 가지 궁금합니다."

로튼은 진열대로 걸어가며 말했다.

"뭐든."

운정이 말했다.

"파인랜드의 기사들은 다양한 무기를 씁니까? 왜 그렇습니까?"

로튼은 진열대에서 이런저런 무기들을 살펴보며 말했다.

"주어진 상황마다 무엇이 유리한지는 다릅니다. 예를 들면 지금의 당신처럼 갑옷을 입고 있지 않은 중형의 적이 아밍소드를 가지고 있다면 레이피어가 제격입니다. 아밍소드 마스터(Arming Sword Master)라 해도 레이피어 유저(Rapier User)에게는 질 겁니다."

운정은 레이피어를 물끄러미 바라보며 생각에 잠겼다.

극도로 날카로운 검. 그것은 찌르는 데 특화된 것이 분명했다. 단순 찌르기만 놓고 보면 그 검만큼 안정적으로 빠르게 찌를 수 있는 검은 없을 것이다.

운정이 나지막하게 말했다.

"내공이 없으니, 깊이가 얕습니다. 맞습니까?"

로튼이 롱소드 하나를 꺼내면서 말했다.

"레이피어는 꽤 다루기 쉬운 축에 속합니다. 기사가 매일같이 연습한다면 석 달이면 엑스퍼트(Expert)가 될 수 있지요. 아밍소드도 마찬가지. 중원은 어떻습니까? 예를 들면, 당신이 들고 있는 그 검의 마스터가 되기 위해서 얼마나 걸렸습니까? 아밍소드처럼 보이지만, 다르겠지요."

운정은 고개를 갸웃했다.

"끝을 모릅니다. 검에는 끝이 없습니다. 중원에 말이 있습니다. 검을 쓰려면 만 일을 연습해야 한다고."

로튼은 웃음을 얼굴에 그렸다.

"만 일이라면… 삼십 년은 되겠군요. 그리고도 끝을 보지 못한다? 하하. 마법과도 같군요. 마치."

"또 하나 마스터? 엑스퍼트? 유저? 차이가 됩니까?"

로튼은 가장 간단하게 설명했다.

"어떤 무기를 사용함에 있어 기본자세를 배워 휘두를 줄 안다면 어프렌티스(Apprentice). 검술을 모두 배웠고 펼칠 수 있다면 유저. 이것을 능숙하게 펼친다면 엑스퍼트. 그리고 완벽하게 익혔다면 마스터입니다. 왜, 무기를 다루다 보면 실력이 천천히 늘어나다가 계단처럼 확 뛸 때가 있지 않습니까? 그 전 단계에 있는 적을 상대하기가 갑자기 쉬워지는 그런 깨달음의 순간들 말입니다. 대략 그것을 기준으로 나눈 것입니다."

"그렇군요."

운정은 무당파 외공에 남아 있던 기준들을 알고 있다. 내공이 외공을 앞지르기 전, 고대의 중원에서는 외공의 단계를 다섯 개로 나누었는데 이를 무입숙성완(無入熟成完)이라 한다. 무(無)만 없었지, 똑같다고 볼 수 있다. 파인랜드는 그때의 기준에 머무르고 있는 것이다.

로튼은 롱소드들을 집어 들고 한두 번씩 휘두르며 말을 이었다.

"이건 롱소드(Long Sword). 한 손으로도 두 손으로도 쓸 수 있습니다. 소프트와 하드한 적에게 모두 괜찮고, 소형 중형

대형의 적을 상대로 모두 괜찮습니다. 한마디로 만능이지요. 그만큼 뚜렷한 장점이 없습니다."

"……."

"기사가 롱소드 마스터가 되려면 통상적으로 이 년이 걸린다고 합니다. 축복을 받았는지 전 삼 개월이 걸렸습니다. 그 이후에도 가장 많이 썼습니다. 제가 다루는 모든 무기 중 가장 정점에 있습니다. 한마디로 전 지금 전심을 담아서 싸워 보고 싶습니다. 그래도 되겠습니까?"

로튼의 두 눈빛이 낮게 가라앉았다.

아시스는 단언컨대 지금까지 그런 로튼의 눈빛을 본 적이 없었다. 그녀를 가르칠 때도, 적을 상대할 때도, 그의 두 눈에는 항상 느긋한 여유가 있었다. 하지만 지금은 겉만 같지 속은 완전히 다른 사람이 된 것 같았다.

아시스는 걱정스러운 표정으로 말했다.

"마스터 로튼, 그는 나라의 귀빈입니다. 그에게 상처를 내실 순 없습니다."

로튼이 말했다.

"내공이 있으니, 어차피 그에게 상처 낼 수 없다. 멜라시움 갑옷을 입고도 져. 그러니 내 모든 것을 쏟아부어도 아무 문제 없을 것이다. 뒤로 물러서라."

로튼은 아시스를 레이디로 상대할 때와 제자로 상대할 때는 말투부터 달라진다.

아시스가 가만히 있자, 운정이 말했다.

"내공이 있는 것과 없는 것. 그것은 무기가 있는 것과 없는 것입니다. 아니, 그보다 더 큽니다. 당연히 상처 내기 어렵습니다."

로튼은 자세를 잡고 운정에게 말했다.

"대련을 받아 주십시오, 운정 도사."

운정은 고개를 끄덕였고 그렇게 대련은 시작됐다.

그 둘은 연무장 중간에서 대략 3m 정도의 거리에 섰다. 몇 번의 호흡이 오간 후, 로튼이 먼저 움직였다.

"타합!"

로튼은 기합과 함께 롱소드를 양손으로 잡고 땅에 닿을 듯 끌면서 운정에게 가까이 다가갔다. 아직 거리가 충분하지 않을 때쯤 로튼은 검을 위로 끌어 올렸다. 동시에 다리에 힘을 주어 앞으로 훌쩍 뛰었는데, 그 타이밍이 묘해서 그의 검 끝이 운정의 턱을 정확히 노리고 날아들었다.

운정은 고민했다.

내공을 익힌 무림인의 검에 비해서 한없이 느리고 한없이 나약한 일 검. 하지만 내력이 없다는 가정을 한다면, 그만큼 빠르고 그만큼 강한 공격도 없었다.

그는 마치 내력을 배우기 전, 외공으로 몸을 최고로 끌어

올린 수련생과 같았다. 백도에선 어릴 때부터 내공을 가르쳐도 내력의 활용법은 가르치지 않고 외공을 익히게 한다. 왜냐하면 아무리 내공이 뛰어난 힘을 낸다 할지라도 결국 그것은 돕는 힘이기 때문이다. 외공이 단단히 받쳐 줘야 내공도 힘을 쓴다. 외공은 마치 배의 용골과 같아서 그 위에 쌓이는 내공을 지탱한다.

운정은 로튼이 혼신을 다해 내지른 검격을 보며 수없이 많은 파훼법을 떠올릴 수 있었다. 자신의 머리로, 몸통으로, 손으로, 다리로, 혹은 태극마검을 사용해서 그의 머리를, 몸통을, 손을, 다리를, 혹은 롱소드를 공격할 수 있었다. 방법이 너무 많아서 셀 수 없을 지경이었다.

하지만 그 순간 그는 자신의 스승님을 떠올렸다. 이젠 기억하기도 너무 희미한 그의 어린 시절. 그에게 내공에 관해선 전혀 알려 주지 않았던 스승님이 처음 내공에 대해서 가르쳐 주었던 그 순간만큼은 잊히지 않았다. 스승님은 그 순간을 통해서 내공의 소중함을 깨닫게 해 주었고, 그로 하여금 내공에 열을 내도록 만들었다.

운정은 그때의 사부님이 썼던 방법을 그대로 쓰기로 했다.

탁.

롱소드는 두 손가락 사이에 잡혔다.

그 순간 로튼의 눈빛이 크게 흔들렸다. 하지만 찰나의 순간에 다시 집중하며 온 힘을 다해 롱소드를 앞으로 밀어냈다.

드륵. 드르륵.

로튼의 힘에 의해서 운정이 뒤로 밀리기 시작했다. 로튼은 다리에 힘을 주어서 계속해서 붙잡힌 롱소드를 앞으로 밀었는데, 운정은 두 손가락으로 그 끝을 잡고 다른 손으로는 뒷짐을 진 그 자세 그대로 뒤로 밀려났다. 마치 그대로 굳어 버린 석상과도 같았다.

그렇게 연무장의 끝자락까지 가자, 운정의 몸이 멈췄다. 로튼은 목과 얼굴에 핏줄까지 세우며 안간힘을 썼지만, 운정의 몸은 더 이상 밀려나지 않았다. 대신 운정은 검 끝을 잡은 두 손가락을 그대로 검신을 타며 내렸다. 그러곤 검을 쥔 로튼의 양손을 붙잡고는 위로 들어 올렸다.

"크흑."

양손이 들린 로튼은 몸을 부들부들 떨더니, 그 자세에서 왼쪽 다리를 들어 운정의 배 위에 올렸다. 그리고 그대로 무게를 실어 밀어냈다.

"흐핫!"

로튼의 몸이 그대로 뒤로 밀려나면서 발라당 뒤집어졌다. 마치 거대한 벽면을 발로 밀려다가 자기가 자기 힘에 밀려난 것과 같았다.

얼른 땅에서 일어난 로튼은 자세를 잡았다. 운정은 고요한 자태로 로튼을 보고 있었다.

그는 다시금 자세를 잡으며 말했다.

"인간의 한계를 넘어선 힘이군요. 죄송하지만 혹 속도 또한 보여 주실 수 있습니까?"

운정이 대답했다.

"물론입니다."

로튼은 마치 레이피어를 잡듯 한 손으로 롱소드를 잡았다. 그리고 운정의 얼굴을 향해 찔렀다. 아시스는 설마 레이피어보다 세 배는 무거운 롱소드로 레이피어의 검술을 그대로 펼칠 수 있으리라곤 생각하지 못했다. 그것은 제자인 아시스 앞에서도 단 한 번도 보여 준 적 없는 신기였다.

하지만 운정은 오히려 앞으로 나아가, 그 검에 일부러 고개를 들이밀었다. 때문에 로튼의 검이 운정의 머리에 닿으려는데, 그 순간 운정의 몸이 두 개로 변하면서 좌우로 갈라졌다. 태극보였다.

혹!

로튼의 검을 중심으로 선 두 명의 운정 중 왼쪽에 있는 운정이 흐릿하게 변하더니 곧 연기처럼 사라졌다. 그리고 오른쪽의 운정은 손날을 들어 로튼의 검을 툭 하고 옆으로 밀어냈다.

로튼은 그 힘에 저항하면서 양손으로 롱소드를 잡아 횡으로 휘둘렀다.

그는 허공을 가르는 자신의 검을 보며 깨달았다. 운정의 몸이 이미 그의 뒤로 가 있다는 사실을.

탁.

운정의 손날이 로튼의 오른 손목을 때렸고, 순간 찌르르한 고통을 느낀 로튼은 검을 놓치고야 말았다.

"……."

"……."

운정이 물러서자, 로튼은 땅에 떨어진 자신의 검을 바라보다가 말했다.

"마치 힘과 속도를 증강시키는 마법이 걸린 사람과 싸우는 기분이군요. 이것이 정말 마법이 아니란 말입니까?"

"마법이 아닙니다."

로튼이 망연자실한 표정으로 아시스를 보았다. 아시스는 패배한 자신의 스승에게 무슨 말을 해야 할지 몰라 가만히 지켜보기만 했다. 로튼은 코로 숨을 한번 내뱉더니 말했다.

"마법은 마법으로 상대하면 그만. 하지만 당신의 힘과 속도는 정말 어찌할 수 없을 듯합니다. 마치 드래곤(Dragon)과 같군요."

로튼은 운정의 시선을 회피하곤 고개를 살짝 숙여 땅을 바라보았다. 그의 표정은 크게 굳어 있었고, 눈빛은 상당히 어두웠다.

운정은 그 모습을 보다가 말했다.

"무공에 관심이 있습니까?"

아시스의 표정이 환해졌지만, 로튼의 표정에는 변화가 없었다. 로튼은 운정과 시선을 마주치지 않은 채로 말했다.

"파인랜드에서 무술은 이미 끝에 도달했습니다. 인간의 한계가 명확하기에 인간이 할 수 있는 무술도 그 끝이 명확하지요. 그 증거로 각각의 무기에 알맞은 검술도 다 하나뿐입니다. 각 무기의 정점에 오른 자가 가장 정답인 것을 찾아 후대에 남겼고, 모두 그것을 익힐 뿐입니다."

"……"

"그러다 보니, 이젠 무기와 갑옷의 발전만이 있습니다. 마법에 대항하기 위해서 내마성이 높은 물질 중, 얼마나 단단한 물질을 쓰느냐, 그것이 관건이지요. 하지만 그 또한 멜라시움의 등장으로 끝에 달했습니다. 지금의 무술은 멜라시움의 무게를 얼마나 잘 버티며 온전히 무술을 펼치는가에 달려 있을 뿐이지요."

"그래서 슬픕니까?"

아시스는 뜬금없는 질문이라 생각했지만, 로튼은 느리게 고개를 끄덕이며 긍정했다.

"그렇습니다. 그래서 전 슬픔을 느낍니다. 결국 이것이 끝인가 해서 말입니다. 하지만 당신이 멜라시움 아머세트를 입은 슬롯 경을 상대로 이겼다고 했을 때, 전 희망을 봤습니다. 한계에 다다른 무술의 또 다른 가능성을 말입니다. 그리고 이 자리에서 확인했군요. 순수한 인간의 힘으로 한계를 벗어난 것을."

"무슨 의미인지 알 것 같습니다."

로튼은 그렇게 말한 후, 운정의 앞에 공손히 섰다. 롱소드를 역으로 든 한 손을 가슴에 가져가고 다른 손은 아래로 탁 뻗었다. 그리고 불타는 눈빛으로 운정을 바라보았다.

침묵이 가라앉은 수련장에서 로튼이 말했다.

"무공을 가르쳐 주십시오. 한계에서 벗어나고 싶……."

그때 한쪽에서 목소리가 들렸다.

"벌써 한바탕한 거냐?"

피곤한 기색의 머혼은 햇빛이 싫은 듯 눈가를 가리며 천천히 연무장으로 걸어왔다.

*   *   *

"그래서 언제 주무실 거예요?"

"으응? 안 잤어?"

침대에 앉아 있던 머혼은 당황한 표정으로 옆을 보았다. 그곳엔 중년의 나이에도 아름다움이 전혀 변하지 않은 그의 아내, 아시리스가 누운 채로 그를 올려다보고 있었다. 항상 그를 내려다보는 듯한 눈길에 익숙한 머혼은 새삼스레 자신의 아내가 너무나 예뻐 보인다는 생각을 했다.

"왜 그렇게 못 자고 있어요? 아직도 식당에서의 일이 걸려요?"

머혼은 힘없이 눈길을 돌리며 말했다.

"걸릴 수밖에 없지. 우리 가족이 암살 위협을 받았는데 말이야."

아시리스는 몸을 일으켰다. 그리고 머혼 옆에 앉았다.

"그거 다 해결된 거 아닌가요?"

"해결된 건 아니지."

"……"

"아, 암살 위협은 걱정 마. 아마 그건 더 없을 거야."

"그럼 해결된 것이죠."

"그냥 명확하지 않은 게 있어서."

"당신을 죽이려 한 건 한슨이에요. 몰라서 하는 말은 아니죠?"

"……"

머혼은 슬쩍 아시리스를 보았다. 아시리스는 머혼의 표정을 살피고는 눈을 동그랗게 떴다.

"설마 다른 생각을 하시는 거예요?"

"당신은 총명해. 세상에서 가장 아름다운 여인이지만, 그 아름다움을 넘어서는 지혜가 있지."

아시리스는 머혼의 말버릇을 잘 알았다. 갑작스러운 칭찬을 할 때면 그 뒤에 항상 안 좋은 말이 딸려 온다는 것을. 그리고 그 안 좋은 말이야말로 그가 정말로 말하고자 하는 바다.

그녀가 눈을 게슴츠레 뜨며 말했다.

"그런데요?"

"하지만 한슨에 관한 문제에 있어서는 객관적이질 못해. 싫어하다 못해 혐오하잖아?"

아시리스의 두 눈은 다시금 얼음장처럼 차가워졌다.

"그럼 제가 그를 좋다 할까요? 당신이 말해 봐요. 제가 아무 남자랑 자서 낳은 사생아 한 명 데려오면 아들로 받아 주시겠어요?"

"아무 여자가 아니라 내 전 부인이잖아."

"그 아들이 한슨인 거 확실해요? 그가 나타났을 땐, 그의 신분을 정확히 확인해 줄 수 있는 당신의 전 부인은 이미 죽은 뒤였어요. 알죠?"

"또 이 얘기야? 그만해."

머혼의 말에 아시리스가 팔짱을 끼더니 말했다.

"당신 말고는 그를 상속자로 인정하는 사람이 없어요. 아무도. 그가 갑자기 나타났을 때, 혹시나 하는 마음에 기대하던 사람들도 모두 그의 인성을 보고 마음을 접었죠. 당신에게 가장 충성하는 로튼 경조차 그를 상속자로 생각이나 해요?"

"……"

"그리고 그걸 본인도 가장 잘 알아요. 그것이 그를 벼랑 끝으로 몰았고, 이런 어처구니없는 사태를 만들었죠. 모르시겠어요? 눈이 가려진 건 제가 아니라 당신이에요."

"한슨은 날 죽이려 하지 않았어."

"정신 차려요. 그는 당신을 죽이려 했어요."

머혼은 고개를 돌려 아시리스를 보았다.

"오히려 그게 말이 안 맞지. 지를 후원해 주는 게 나밖에 없는데 걔가 날 암살해? 백작가 내 기사단은 아시스가 다 휘어잡았으니, 내가 죽고 나면 그다음 수순은 바로 자기가 될 텐데? 그러니 한슨은 아니지."

아시리스는 한숨을 쉬었다.

"당신도 늙었군요. 워메이지를 고용한 게 한슨이 한 짓이 아니라니. 그가 한 말들과 정황을 봐요. 뜬금없이 샹들리에 불을 키워 달라고 한 것부터 해서 갑자기 즉사주문이 공포주문이 되었다느니… 별 시답지도 않은 정보로 현혹하려 했고. 그리고 워메이지를 기사단에 넘긴 것 또한 한슨이에요.

게다가 그 워메이지가 아시스가 했다면서요? 그럼 너무 당연히……."

머혼은 듣다 말고 아시리스의 말을 잘라 버렸다.

"그건 한슨이 한 거겠지."

아시리스의 눈썹이 모였다.

"그건?"

머혼이 말했다.

"워메이지를 고용한 건 그놈이 한 걸 거야. 하지만 날 죽이려 하진 않았지. 다시 말하면 그놈은 애초부터 워메이지에게 공포마법을 의뢰하고 마치 암살 위협이 생긴 척한 걸 거야. 혼란을 만들기 위해서. 이런 저런 정보들을 던지면서 교란한 것도 그렇게 우리가 이해하게끔 상황을 만들기 위해서지."

아시리스는 그 말을 듣고 보니 그쪽이 더 신빙성이 있다는 것을 깨달았다. 머혼의 말대로 한슨이 머혼을 죽인다면, 사태가 더욱 자기에게 불리하게 돌아가기 때문이다. 하지만 그녀는 자신의 이론을 놓지 않았다.

"당신이 아니라 내 딸들을 노린 거면요? 하녀는 실제로 기절했어요. 그건 어떻게 설명하실 거예요?"

"하녀야 공포마법 때문에 놀라서 기절한 거겠지. 실제로 죽지 않았잖아? 그리고 그걸 가지고 한슨 그놈이 즉사주문으로 둔갑시켜 괜히 분위기를 만든 거고."

"그럼 그 의도는 뭐죠? 왜 공포마법을 의뢰하고 우리가 전부 암살 위협을 받고 있다고 생각하게 만드는 거예요?"

"이번 일 처리는 한슨이 실수한 게 많지만, 그래도 걘 교육받지 않고 뒷골목에서 자란 것치고는 똑똑해. 이대로 가만히 물 흘러가듯 시간이 지나면, 결국 상속자는 아시스가 되리란 걸 아는 거지. 그러니 반전을 꾀하기 위해서 이번 일을 벌인 거야. 아시스를 자극해서, 먼저 손을 쓰게 만드는 것이지."

"그럼 자기가 더 위험하잖아요."

"그래서 도박이지. 아시스가 먼저 손쓰는 걸 명분 삼아서 아시스에게 자기도 손을 쓸 수 있게 될 테니까."

아시리스는 머혼을 물끄러미 바라보았다. 그녀는 자기가 이 뚱뚱하고 볼품없는 남자와 왜 결혼했는지 다시금 깨달았다.

"당신은 이미 답을 다 내렸군요."

"……."

"그리고 이걸 방관할 생각이고."

"적당한 긴장감은 몸에 좋지. 다시 말하지만, 당신도 방관해 줘야겠어. 당신이 아시스를 도와준다면 난 내 판단으로 동일한 수준의 도움을 한슨에게 줄 거야. 안 보이게 도와준다면 나 역시도 안 보이게 도와줄 테니까."

아시리스는 울컥하는 기분이 들었지만, 이성적으로는 머혼을 이해했다. 머혼에게는 한슨이나 아시스, 둘 다 그의 자식

이다. 아무리 머혼이 자신을 사랑한다 해도 자식 사랑보다 앞
설 수는 없었다. 그건 그녀도 마찬가지니까.

아시리스가 속내를 숨기고 물었다.

"그런데 뭐가 명확하지 않다는 거죠?"

머혼은 잠시 뜸을 들이다가 말했다.

"아이시리스."

"예?"

"아이시리스 말이야. 왜 한슨을 도와줬는지 모르겠어. 그게
그냥 마음에 걸려서 그래. 한슨이 구워삶을 수 있을 만큼 어
린애도 아니고. 사실 자식들 중 가장 속내를 모르겠는 게 아
이시리스야."

아시리스는 놀란 목소리로 말했다.

"다… 당신, 저… 정말로 그렇게 생각해요? 왜, 왜 그렇게 생
각해요?"

머혼은 귀찮다는 듯 자리에 누우면서 이불을 덮었다. 그리
고 나지막하게 대답했다.

"당신은 한슨한테도 객관적이지 못하지만, 아이시리스한테
도 그래. 그 애, 그냥 애가 아니라고? 모르는 거야, 아니면 알
면서 부정하는 거야?"

"……."

"아무튼 더 생각해도 모르겠으니, 잠이나 자야지. 내일도

할 일이 산더미인데. 으휴, 그 천마신교 사람들을 상대할 생각을 하니 벌써부터 긴장되는구먼."

머혼은 그렇게 잠에 빠져들어 갔고, 아시리스는 머혼의 생각에 빠져들어 갔다.

그렇게 아침 해가 뜨자, 머혼은 눈꺼풀 사이로 스며드는 햇빛을 막을 수 없었다. 몇 번이고 욕설을 마음속으로 내뱉은 그는 결국 푹 익어 버린 듯한 자신의 육중한 몸을 일으켰다.

"알겠어요."

"으, 으응?"

머혼이 슬쩍 옆을 보니, 자기 전 그대로의 모습으로 침대에 앉아 있는 아시리스가 있었다.

"알겠다고요, 아이시리스가 왜 한슨을 도와줬는지."

머혼은 믿을 수 없는지 눈을 몇 차례 비비더니 말했다.

"뭐, 뭐야? 아직까지 안 자고 있었어?"

아시리스는 머혼을 보고는 말했다.

"궁금하죠?"

"……."

"당신은 자신의 자식들에게도 그토록 객관적이시니, 스스로 한번 알아내 보세요."

그렇게 말한 그녀는 폭 누워 버렸다. 그리고 이불을 머리끝까지 뒤집어썼다. 머혼은 그 모습을 보다가 피식 웃고는 자리에서 일어났다.

"누구 없냐?"

그의 말에 하녀 한 명이 침실로 들어왔다.

"예, 부르셨습니까?"

머혼은 창문 쪽을 가리키며 몸을 침상에서 일으켰다.

"암막 커튼 좀 달아. 마담께서 밤새 못 주무셨으니."

"알겠습니다. 물과 음식이 준비되어 있습니다."

머혼은 그렇게 먼저 따뜻하게 목욕을 한 뒤, 두세 명의 하녀의 도움을 받아 황국 격식에 맞는 옷을 입었다. 크게 화려하진 않지만, 가짜 소매가 달려 있는 것이나 뾰족한 디자인이 이곳저곳에 많아 최신 유행에 뒤떨어지진 않았다.

그는 그렇게 차려입은 후, 식당으로 갔다.

식당은 텅텅 비어 있었다.

"뭐야? 다들 어디 있어? 식당에서 아무도 안 잤어?"

막 식탁을 준비하던 하녀장 퀼린이 말했다.

"해가 뜨고는 다들 방으로 돌아가셨습니다. 어제 일 때문인지, 다들 기상이 늦으시는 듯합니다. 레이디 시아스께서는 아예 아침을 거르시겠다는군요."

"그럼 누구누구 일어났는데?"

"레이디 아시스와 로튼 경, 그리고 중원의 귀빈께선 야외 수련장에 계신 듯합니다만."

"오? 그래? 좋아. 오랜만에 칼질하는 거나 구경해야겠구나. 칼질하는 걸 좀 보면 무거운 머리도 좀 풀리겠지."

그렇게 말한 그는 조금 신난 걸음으로 빠르게 야외 수련장으로 향했다. 저택 밖으로 나온 그는 멀리감치 로튼과 운정이 대련하는 것을 보곤 걸음을 더욱 바삐 했다.

그런데 중간중간 그의 걸음이 멈춰졌다. 그는 무에 관해서 전혀 알지 못했지만, 로튼의 공격이 힘으로도, 스피드로도 전혀 통하지 않는다는 것쯤은 알 수 있었다. 게다가 로튼이 완전히 패배를 인정하고 가르침을 청하려는지 운정 앞에서 경례하는 것을 보곤, 도저히 믿을 수 없었다.

로튼은 기사이지만, 기사보단 무사라는 게 더 맞았다. 그가 가장 소중하게 생각하는 것은 기사도가 아니라 무술. 때문에 그는 기사들에게 검술을 가르칠지언정 기사단의 단장을 맡지 않는다. 그가 머혼과 함께하는 이유도, 그를 향한 충성심이 높기도 했지만 항상 극적인 생활을 하는 그의 옆에서 다양한 전투 경험을 하기 위함도 있다.

아니, 오히려 그 점이 더 클 것이다.

머혼은 로튼이 더 말하기 전에 큰 소리로 외쳐 그의 말을 막았다.

"벌써 한바탕한 거냐?"

그는 햇빛을 가리는 척하며 표정을 숨겼다. 로튼은 머혼을 보자, 어색하게 경례를 풀고는 그에게 말했다.

"잘 주무셨습니까?"

머혼은 떨떠름하게 고개를 끄덕였다.

"아니, 수면제라도 복용해야겠어."

로튼의 눈이 반쯤 감겼다.

"제가 항상 말씀드리잖습니까? 몸을 사용해야 잠이 잘 온……."

머혼은 로튼의 말을 잘라 버렸다.

"그래서? 중원의 무술은 어때? 굉장하지? 응?"

로튼은 헛기침을 했다.

"크흠. 확실히 파인랜드의 것과는 비교할 수 없을 만큼 깊이가 있는 듯합니다."

"그, 그래?"

"마치 마법의 힘을 빌린 것 같습니다. 하지만 수련을 통해서 얻은 순수한 인간 본연의 힘이라는군요."

머혼은 입술을 삐쭉이더니 말했다.

"아, 뭐 그럼 마법으로 다 대체되는 거네. 응? 힘세지는 거, 빨라지는 거 그런 마법 줄줄이 두르고 싸우는 거랑 같은 거 잖아?"

로튼은 고개를 저으며 말했다.

"하지만 마법은 빠른 효과만큼 무력화되기 쉽습니다. 마법이야 노매직 마법 하나면 모든 것이 날아가 버리고, 특수한 아티팩트에 내재된 마법 또한 그에 걸맞은 부작용이 심한 편입니다. 또한 멜라시움 같은 내마성이 높은 물질에는 애초에 마법의 힘이 전혀 통하지 않습니다."

"……."

"중원의 무술은 순수한 만큼 해법이랄 것이 없습니다. 그렇기에 더욱 강력한 것입니다."

머혼은 머리를 박박 긁더니, 괜히 멀찍이 서 있는 아시스를 보며 말했다.

"너는 또 여기서 놀고 있냐? 신부 수업이나 제대로 받으라니까."

아시스는 눈살을 찌푸렸다.

"왜 갑자기 나한테 뭐라 하세요?"

"뭐라 하기는. 그냥 아비로서 조언해 준 거지. 으이구, 성질머리하고는… 지 애미를 똑같이 빼닮아서……."

"아빠!"

"시끄럽고, 다들 밥이나 먹자고. 아니, 다들 밥 먹자고 하는 짓인데 말이야. 응? 얼른들 들어와."

머혼은 그렇게 말하곤 몸을 돌려 저택 안으로 향하기 시작했다. 로튼은 운정을 보곤 말했다.

"저녁에 왕궁에서 돌아오시면 한번 찾아뵈어도 되겠습

니까?"

운정은 고개를 끄덕였다.

"언제든지 오십시오."

로튼은 밝아진 미소를 지어 보이더니 아시스에게 손을 뻗으며 말했다.

"검을 주시지요, 레이디 아시스. 제가 진열대에 놓을 테니 먼저 가서 아버지와 함께 식사하시지요."

아시스는 조금 걱정스러운 눈빛으로 로튼을 보다가 곧 손에 든 레이피어를 건넸다. 로튼은 그녀를 쳐다보지 않고 아밍 소드와 또 다른 레이피어를 하녀로부터 받았다.

아시스는 잠시 그런 그를 보다가 곧 멀뚱히 서 있는 운정을 발견하곤 그의 앞으로 걸어가 환한 미소를 지으며 말했다.

"자, 가요. 중원의 기사님. 같이 밥 먹어요."

운정은 똑같은 미소로 화답했고, 때문에 아시스는 또다시 얼굴을 붉혔다.

      *   *   *

아침 식사는 대충 끝났다. 늦게 일어난 탓에 입궁 시간을 맞추기 촉박했던 탓이다.

전과 달리 빠르게 달리는 마차 안에서, 머혼이 운정에게 말했다.

"몸속의 마나는 다 회복하셨습니까?"

운정은 고개를 끄덕였다.

"어젯밤에 회복했습니다. 마나스톤은 감사합니다."

"별말씀을. 왕국의 귀빈이니 그보다 더한 것도 해 줄 수 있습니다. 그, 다름이 아니라 한 가지 부탁드릴 게 있습니다."

"네."

머혼은 잠시 뜸을 들이다가 말했다.

"제 저택에서 일어난 불상사 때문에 혹 저희 저택에 머무르는 것이 어려우시다면 물론 거처를 옮겨 드려야 하지요. 그러나 혹 옮기시더라도 그 이유를… 흠, 이런 말씀 드리기 죄송하지만, 제 저택에서 암살 미수 사건이 있었다는 건 숨겨 주실수 있을까 해서 말입니다."

운정은 그가 무슨 말을 하고 싶은지 알 듯했다. 때문에 환한 표정과 함께 말했다.

"걱정 마세요. 저택에 있겠습니다."

머혼은 가슴을 쓸어내리는 시늉을 했다.

"후우. 감사합니다. 앞으로는 그런 일이 없도록 제가 확실히 하겠습니다. 왕국의 귀빈을 모시는 중 암살 미수 사건이 터졌다는 말이 밖으로 새어 나가면… 이거 얼굴을 들고 다닐 수가 없어서 말입니다."

운정은 편안한 어조로 말했다.

"괜찮습니다. 걱정 마세요."

머혼은 안도의 한숨을 다시금 내쉬었다.

그들은 그렇게 왕궁에 도착했고, 곧 델라이 왕의 집무실에서 그를 보았다.

그곳엔 델라이 왕과 왕국의 최고 대신 중 하나인 포트리아 백작이 있었다. 중년의 여성인 포트리아 백작은 수도의 살림을 도맡아서 하는 자로, 머혼과 더불어 델라이가 가장 신용하는 대신 중 한 사람이었다.

포트리아는 여유로운 자세로 차를 마시다가 막 집무실 안으로 들어오는 머혼과 운정을 보곤 차를 내려놓으며 말했다.

"머혼 백작."

머혼은 떨떠름한 표정으로 델라이를 보곤 다시 포트리아를 돌아보며 고개를 한번 숙여 보였다.

"포트리아 백작."

델라이는 뒷짐을 진 채로 머혼에게 말했다.

"늦었군. 매번 그렇지만."

"죄송합니다, 전하."

"앉게, 시간이 없어."

머혼은 머리를 긁적이면서 포트리아 앞에 앉았다. 운정도 그를 따라서 옆에 앉았는데, 그를 바라보는 포트리아의 날카로운 눈빛이 얼굴을 따갑게 할 정도였다.

운정도 눈을 들어 그녀를 마주 보았다. 그 순간까지도 그녀의 눈빛에는 전혀 흔들림이 없었다. 운정과 눈을 마주치는 순간 남녀노소를 할 것 없이 눈을 회피하게 마련인데, 무공은커녕 무술 자체를 전혀 모를 것 같은 포트리아는 운정의 눈길을 그대로 받아 내고 있었다.

운정이 말했다.

"안녕하세요."

포트리아는 입만 씽긋 웃었다.

"좋은 아침입니다."

델라이는 상석에 자리하며 말했다.

"왕궁마법사가 말하길, 이제 한두 시간 후면 천마신교의 인물들이 깨어날 거라고 하니, 제대로 계획을 세워야겠지. 포트리아 백작에게도 계획을 세우는 데 도와 달라고 불렀어."

머혼은 불편한 기분을 숨기지 않으며 말했다.

"굳이 그렇게 하지 않으셔도 좋았겠습니다. 이번 일은 모르는 사람이 많으면 많을수록 좋습니다."

포트리아는 다리를 반대편으로 꼬며 말했다.

"머혼 백작께서 아무리 절 싫어하셔도, 제가 이 나라에 충성하는 것과 비상한 머리를 가지고 있다는 건 인정하지 않으실 수 없겠지요. 그렇다면 문제 될 건 없지 않습니까?"

"있었다면 진작 왕께 말했겠지요, 포트리아 백작."

두 백작은 서로를 향해 방긋 웃었지만, 눈빛은 살벌하기 그지없었다. 델라이는 운정을 바라보며 말했다.

"이 둘의 유치한 언쟁에 대해서 사과드리지, 운정 도사."

운정은 포권을 취했다.

"괜찮습니다, 전하."

델라이는 방긋 웃더니, 본론을 꺼냈다.

"일단 운정의 친우인 다크엘프. 그에겐 어떠한 조사도 하지 않았네. 그의 신변이 확인되자마자, 더 건드리지 않았어. 아, 그리고 우리말이 어렵다면 한어로 해도 되네, 내가 통역 아티팩트를 가동하지."

델라이가 목에 건 아티팩트를 가동하자 운정이 한어로 말했다. 그러자 그 아티팩트에선 거친 통역이 이루어졌다.

"그 말의 의미는 다른 천마신교 사람들은 조사를 했다는 겁니까?"

델라이는 고개를 끄덕였다.

"물론. 그들이 뭘 가지고 왕국에 왔는지 모르니까. 모두 살펴보니까, 놀랍기 그지없었어. 어떤 인물은 삼십 개가 넘어가는 단검을 가지고 있었지. 그 특이한 복장 속에 그렇게 많은 물건들이 들어갈 수 있는지는 꿈에도 몰랐지."

"그럼 지금 그들은 어떻게 되었습니까?"

"기절한 채로, 병동에서 모시고 있지. 한두 시간 뒤에 깨어날 걸세. 그러면 우린 그들이 차원이동의 여파로 인해서 기절했다고 거짓말을 할 것이고. 그리고 운정 도사는 우리의 그런 말을 그들에게 믿게끔 해 주어야겠지."

"……."

"그게 조건이었지 아마? 그로 인해서 자네가 천마신교와 델라이 간의 다리가 되어 주는 것이지. 그 와중에 첩자가 되어서 정보도 넘겨주고. 맞지?"

"델라이의 첩자가 되지 않습니다. 하지만 제가 필요한 정보를 얻기 위해서 천마신교의 정보를 델라이에 팝니다. 전 양쪽 어디에도 속하지 않습니다. 제가 필요한 것만을 얻을 것입니다."

델라이는 포트리아를 흘겨보았다. 포트리아는 몸을 앞으로 기울이며 말했다.

"아무리 생각해도 말이 안 되는 것 같지만, 일단 본인이 그렇게 하겠다는데 어쩌겠습니까? 양쪽 세력 사이에서 살아남을 자신이 있다고 하셨지요?"

"예."

포트리아는 머혼의 눈치를 한번 살피더니 말했다.

"전 전쟁을 이끈 경험이 많습니다. 대규모로도 소규모로도 말입니다. 그때는 적과 아군, 딱 두 분류로 모든 인간이 갈립니다. 문제는 인간이란 존재가 그렇게 딱 두 분류로 갈릴 수 없다는 것이죠. 항상 그 중간에 낀 사람들이 발생하게 마련입니다. 그리고 전쟁에서 그런 사람들은, 가장 먼저 처참하게 죽습니다."

"……."

"중간 지대의 사람들이 그렇게 죽어 나가기에 결국 전쟁이 일어났다 하면 양쪽 진영은 다시 회복될 수 없는 관계가 되는 겁니다. 중간에서 완충제 역할을 하는 인간들이 모조리 죽으니까요. 전쟁의 참담함은 사람을 양쪽으로 몰아세우는 데서부터 오는 것이지요."

"……."

"그뿐만 아닙니다. 여기 계신 머혼 백작의 전쟁터라고 할 수 있는 정계. 거기서도 보이지 않는 전쟁은 일어나지요. 누가 누구의 편인지는 실제 전쟁만큼 명확하진 않습니다만, 그곳에서도 분명 편이 갈리고, 그 중간 지대에 속한 사람들이 먼저 작살나는 건 똑같습니다."

"……."

"중간에 있는 사람은 처음엔 왕처럼 대접을 받습니다. 양쪽 세력에서 서로의 힘을 키우기 위해서 가장 먼저 포섭하는 사람이 바로 중간 사람들이기 때문이지요. 그들에게 금은보화를 가져다주며 함께하자고 그들을 대접합니다. 양쪽에서 누가 더 많은 재물로 그들의 환심을 사느냐, 그 경쟁이 일어납니다. 처음에는요. 하지만 어느 시점을 기점으로 그 입장이 한순간에 뒤바뀝니다. 사방에서 보물을 내밀던 손들이 어느새 단검을 들고 찌릅니다. 그 순간이 언제 올지는 누구도 모릅니다. 오로지 신만이 아시죠."

운정은 아무런 감정도 담기지 않은 눈빛으로 포트리아 백작을 보았다.

"나에게 델라이의 편이 되어 달라는 겁니까?"

그의 입에선 한어가 아닌 공용어가 나왔다. 그 때문인지, 머혼도 델라이도 숨을 죽이고 그의 표정을 살피는데 포트리아는 여유롭게 두 손을 코언저리에 모으며 말했다.

"천마신교에 속하셨으면서 중간 지대를 걷겠다는 그 생각 자체만 놓고 보면 당신은 이미 천마신교에 속한 사람이 아닙니다. 스페라 백작에게 이야기를 들어 보니, 마법에 아주 관심이 많다고 들었습니다. 그리고 중원에 아무런 애착도 없으시다고요. 그럼 델라이 왕국이 당신에겐 가장 어울릴 것입니다. 또 델라이는 출신을 차별하지 않습니다. 그 증거로 당장 여기 계신 머혼 백작이나, 국력의 대부분을 담당하는 스페라 백작. 이 두 분도 델라이 출신이 아니십니다."

"전 어딘가에 속하고 싶지 않습니다."

"왜 그렇습니까? 지금 양쪽에서 대접받는 것이 좋기 때문입니까? 하지만 모두가 당신을 가치 있게 여기는 이 좋디좋은 순간은 단언컨대, 오래가지 못할 겁니다. 반전이 일어나기 전에 선택하는 것이 현명합니다."

운정은 조용히 눈을 감았다.

처음 무림에 나와 그가 겪었던 일들을 회상했다. 특히 화산에서 일어난 일들을 떠올리며 그는 조용히 대답했다.

"배워야 합니다."

"무엇을?"

"사람을. 세상을. 진실을."

"무엇을 위해서 말입니까?"

"제 문파(MenPai)를 만들어야 합니다."

"문파?"

"마법사의 학교 같은 것입니다. 제 문파가 사라졌습니다. 다시 지어야 합니다."

포트리아는 무릎을 탁 치며 델라이를 보고 말했다.

"좋네요. 그 문파라는 학교. 델라이에서 지으십시오. 수련생들도 마음껏 뽑으시고. 돈도 나라에서 지원해 드리겠습니다. 그러니 천마신교와 델라이 중간에서 왔다 갔다 하지 마시고 델라이에 마음을 완전히 두세요. 오직 우리를 위해 첩보활동을 해 주시면 되겠습니다. 어떻습니까?"

"……"

"……."

"……."

세 명이 침묵을 지키자 포트리아가 세 명을 번갈아 보면서 말했다.

"문제될 거 있습니까?"

머혼이 대답했다.

"아니, 전혀."

델라이도 대답했다.

"학교를 지원하는 것쯤이야 중원의 정보를 얻는 것에 비하면 싸지. 운정 도사, 어떻게 생각하는가?"

운정은 고개를 저었다.

"그게 그리 쉬운 것이 아닙니다. 아직 전 어떻게 학교를 지어야 할지 모릅니다. 그 안에 담겨야 할 무술도. 마법도. 사상도. 아무것도 확실한 게 없습니다."

포트리아가 말했다.

"천마신교라는 곳에서는 당신이 문파를 설립하는 걸 허락합니까?"

"예?"

"머혼 백작의 보고를 보면 천마신교는 상당히 폐쇄적인 곳입니다. 그곳에선 당신이 독자적으로 문파를 설립하는 것을 허락하지 않을 것 같아서 하는 말입니다."

운정은 조금 생각해 보았다.

"허락하긴 하지만, 천마신교에 충성해야 한다는 조건이 있을 겁니다. 이는 델라이도 마찬가지 아닙니까?"

포트리아는 양 손바닥을 보이며 말했다.

"전혀. 저희는 그곳처럼 야만적인 사회가 아닙니다. 동물들처럼 힘으로 찍어 누르고 사람을 존중할 줄 모르는 곳이 아닙니다. 게다가 국가에서 학교를 건드는 것은 모두 분노할 행동으로, 파인랜드의 모든 국가들에게 전쟁의 빌미를 제공하는 꼴이 됩니다. 여기 머무는 동안 한번 지켜보십시오. 천마신교와는 절대 비교도 할 수 없을 만큼 문명화된 곳입니다."

"……"

"델라이 왕궁에선 천마신교처럼, 당신이 세우는 그 문파에 명령하듯 하는 강압적인 입장을 취하지 않을 겁니다. 모든 것은 계약으로, 우리가 지원해 주고 그에 상응하는 대가를 서로의 동의 아래 받을 것입니다. 당연하지만 그곳에선 중원의 무학을 가르치시겠지요. 그렇다면 그건 델라이 전체에도 도움이 되는 것입니다. 그 무공(WuGong)? 무공이라는 것을 전혀 모르는 이 기회의 땅에서 당신이 가장 먼저 선구자가 되는 겁니다. 그러니 당신의 마음이 어디를 향해야 할지는 너무나 뻔한 것 아니겠습니까?"

운정은 잠시 뜸을 들이더니 말했다.

"아직 대답하기가 어렵습니다. 시간을 주십시오."

포트리아는 몸을 더욱 앞으로 숙이며 말을 꺼내려 했지만, 델라이가 손을 뻗어 그녀를 제지했다.

"일단 그 문제는 여기까지 하지. 지금은 앞으로 깨어날 천마신교의 인물들을 어떻게 상대할지, 어떻게 운정 도사를 두 차원의 다리로 만들지를 생각해 보지."

그 말이 끝나기 무섭게 운정이 말했다.

"제 조건을 이행해 주십시오."

델라이는 눈을 조금 크게 뜨며 말했다.

"해 주었지 않은가? 우리는 그 다크엘프의 신변을 보호했네."

"두 가지 정보를 줘야 합니다. 중원의 황궁과는 왜 만나는지. 그리고 국가급 마법은 뭐가 있는지. 전 그 정보들을 중원에 가져가야 합니다."

그 말을 듣자 포트리아가 다시 입을 열었다.

"첫 번째는 곤란합니다. 두 번째야 뭐 다른 나라들도 다 아는 거니까 상관없습니다만, 첫 번째는 천마신교 쪽에서 알면 어떻게 나올지 모릅니다."

델라이는 팔짱을 끼더니 머혼을 보았다.

머혼이 말했다.

"전부 다 말해 주십시오. 투자라고 생각하시고."

델라이는 두 최고 대신의 말이 조금 다르자, 일단 같은 것부터 했다.

"운정 도사, 일단 두 번째는 알려 주겠네. 델라이의 국가급 마법은 바로 미티어 스트라이크(Meteor Strike). 하늘에서 유성을 소환에서 한 도시를 초토화시키는 거지. 파인랜드에서 이 마법 기술을 가진 나라는 제국을 포함해서 총 다섯 곳. 우리는 그중 하나로, 이로 인해 델라이 왕국에 평화의 시대가 도래하게 되었지."

운정의 두 눈은 더 이상 떠질 수 없을 만큼 커졌다.

第四十二章

천마신교 호법원주(天魔神教 護法院主).

갈타마상(渴楮魔象) 악존은 지옥 훈련을 마치고 처음 호법
이 되었던 날, 처음으로 살인 이외의 것에 행복감을 느꼈다.
천마신교의 자랑스러운 호법이 되었기 때문이 아니다. 그건
그의 머릿속에 있지도 않았다. 그저 그 지옥 훈련이 끝났다는
그 사실 하나 때문이었다.

호법원에선 훈련생들을 철저하게 실력으로만 평가해서 매
년 최하위 고수들을 탈락시켜 천살가로 보냈다. 천살성 훈련
생들에게 있어 호법원에 속하지 못하고 천살가로 돌아간다는

것만큼 큰 수치가 없었다. 하지만 당시 호법원주인 악누의 손길 아래에서 이뤄진 지옥 훈련을 받아 보면, 아무리 강단 있는 천살성이라고 할지라도 수치고 뭐고 그냥 차라리 최하위가 돼서 귀가하고 싶다는 생각밖에 들지 않았다.

물론 악존도 그랬었다. 악누가 그가 최하위가 돼서 귀가하게 된다면 자기가 친히 목숨을 끊어 주겠다고 으름장을 놓지 않았다면. 악누는 절대 같은 핏줄을 공유하고 있다고 해서 조금도 우대해 주지 않았다. 천살성이 가진 야성을 완전히 짓누르고 한 명의 호법으로 키워 내기 위해선 그도 그런 여유를 부릴 수 없었을 것이다. 다만 그 약조 한마디는 그 어떠한 우대보다도 악존을 도와 그가 지마가 되게 만들었다.

그리고 그렇게 호법원에 있기를 몇 년. 천마신교에 큰 피바람이 몇 차례 불더니 덜컥 혈교라는 게 생겨 버렸다. 사실 말이 그렇지 천살가와 다를 게 없었다. 달라진 점은 하나. 모든 천살성들은 그들의 정신을 옭아매는 금제(禁制)에 의해서 교주를 섬겨야 하는데, 그 교주를 천마신교의 교주를 섬길지 혈교의 혈교주를 섬길지 마음대로 선택할 수 있게 된 것이다.

악존은 당연히 천마신교의 교주를 선택했다. 왜? 매일같이 자신에게 지옥을 선사했던 악누가 혈교주였기 때문이다. 그리고 그와 뜻을 같이한 여러 천살성들은 혈교에서 마교로 파견하는 형태로 천마신교에 왔다. 다행히 교주와 심검마선은 그런 천살성들을 차별하지 않았고, 그들 중 하나인 흠진에겐 대장로의 자리를, 또 악존 본인에겐 호법원주의 자리까지 주었으니, 그들도 그들의 위치에 만족했다.

악존은 그렇게 호법원주로서 교주를 호위했지만, 대부분 마인들은 여전히 그들의 충성심을 믿지 않았다. 교주명이기에 억지로 그들의 존재를 용납한 것이다. 천마신교의 특성상 혈교로 독립한 천살성을 향한 시선은 그저 배반으로 비춰질 수밖에 없었고, 천마신교에 남은 자들이라 할지라도 그들을 향한 시선이 고울 리 없었다.

하지만 그런 인식도 이계인들로부터 교주를 지켜 낸 사건을 계기로 달라졌다. 미지의 존재로만 알려져 있는 마법사들을 상대로 교주를 끝까지 지켜 낸 그들의 노고는 그 누구도 부정할 수 없는 종류의 것이었다. 때문에, 그들을 의심하던 진성 마인들 중 상당수가 그들을 믿기 시작했고, 교주 또한 그들을 더욱 신뢰하게 되었다.

그리고 그 위상이 지금까지 이어져, 이 중요하기 짝이 없는 임무에 호법원 전체가 동원되었다. 극악마뇌(極惡魔腦) 사무조는 모든 역천의 시기 동안 살아남은 장로 중의 장로. 악존은 그의 생명을 마치 자신의 생명처럼 지켜 달라고 한 교주의 당부를 잊지 않았다. 잠깐의 시간이지만, 자신의 생명력을 바쳐서 초마급의 무위를 내는 자신의 독문혈공을 사용할 각오를 다졌다.

그래서 차원이동 후 정신이 사라지려 할 때, 그는 자신이 할 수 있는 모든 것을 했다. 사술에 대항하는 모든 내공과 심공을 운용하면서 떠나가는 정신을 붙잡으려 했다. 하지만 그 어떠한 것도 일절 도움이 되지 않았다. 떠나가는 정신을 조금이라도 늦췄다면 이해라도 할 텐데, 마법은 여전히 그에게 낯선 것이었다.

악존은 눈을 번쩍 떴다.

"뭐, 뭐냐!"

그는 침상에서 벌떡 일어나며 큰 소리로 외쳤다. 그가 주변을 둘러보니, 그가 있던 곳은 투명한 벽과 천장으로 둘러싸인 큰 방이었다. 그리고 사람들이 각각의 침상 위에서 조용히 누워 있었다.

그리고 그의 정면에 위치한 침상의 주인만 그처럼 반쯤 일어난 채로 있었다.

"일어나셨습니까?"

악존은 그를 보곤 눈초리를 모았다. 사람 같지도 않게 잘생긴 그 남자는 중원인이 확실했다. 사무조가 했던 말을 기억한 악존은 그를 향해 물었다.

"운정 도사! 역시 고지회원이었소?"

운정은 고개를 한번 끄덕이고는 말했다.

"호법원주께서도 막 깨어나신 듯합니다."

악존은 갑자기 땅한 머리를 부여잡더니 물었다.

"사, 사무조 장로께선 어찌 되었소?"

운정은 한쪽 손으로 악존의 왼쪽을 가리켰다.

"아직 옆에 누워 계십니다."

악존이 고개를 재빠르게 돌려 그의 옆 침상에 누워 있는 사람을 보았다. 점차 두 눈의 초점이 맞춰지자, 그가 익히 아는 사무조가 누워 있는 것이 보였다.

편안해 보이는 그 표정을 본 악존은 일단 상황이 나쁘지 않은 것을 깨달았다. 하지만 여전히 긴장감을 늦추지 않으며 운정에게 물었다.

"무슨 일이 일어난 것이오?"

운정이 대답했다.

"차원이동 직후 저를 제외한 여러분들이 모두 기절하셨습니다. 아직 만 하루가 지나지 않았습니다."

"......"

"저 또한 정상은 아닙니다만 기절하진 않았습니다. 확실하지 않은 가설에 불과하지만, 정순한 내공을 익히지 않은 사람이 차원이동 이후 기절하는 듯했습니다."

악존은 강한 눈길로 다시금 주변을 살펴보았다.

큰 동공과도 같은 방 안. 그곳엔 천마신교에서 이계에 파견한 모든 인물들이 각각의 침상 위에 누워 있었다. 입고 있는 옷은 괴상하기 짝이 없는 이계의 복장. 그들이 절대로 탈의해서는 안 되는 호법복은 각각의 옆에 가지런히 놓여 있었다. 심지어 무기들조차도 정리 정돈 된 채 놓여 있었다.

악존은 잘 접혀 있는 자신의 호법복을 보자마자, 자신이 입고 있는 이계의 복장을 벗으려 했다. 하지만 그가 알지 못하는 방법으로 묶여 있어, 결국 거칠게 찢어 버릴 수밖에 없었다.

찌이익.

곧장 알몸이 된 그는 즉시 호법복을 입었다. 그리고 그 속에 담긴 각종 물건들을 점검하면서 자신의 무기 또한 호법복에 하나둘씩 숨겼다. 그렇게 갓까지 쓰자, 영락없는 천마신교의 호법이 되었다.

문득 그의 눈에 운정이 이계인의 옷을 입고 있는 게 보였다.

"탈복은 허락되지 않았소, 운정 도사."

운정은 살짝 웃으며 말했다.

"반드시 그래야 한다는 명은 받지 못했습니다. 또한 전 호법원 소속이 아니니 호법원에 그런 지침이 있다 한들 제게 적용되지는 않습니다."

"……"

"여기 이계인들은 기절한 여러분들을 모두 이곳 병동으로 데려와서 치료해 주었습니다. 그리 긴장하실 건 없는 듯합니다."

"긴장할 필요가 없다? 그들의 속셈이 무엇인지 모르겠지만, 분명 그들은 요상한 마법으로 우리를 기절시킨 것이오. 모르겠소, 운정 도사?"

운정은 물었다.

"그럼 차원이동의 여파로 기절한 것이 아닙니까?"

"내 기억으론 황궁의 인물들은 잘만 걸었소. 이계인들은 그들을 환영했지만, 우리를 향해서는 강한 살기를 품었지. 그리고 나서 마법이 실행되었고, 우리는 기절했소. 그러니 당연한 것 아니오?"

악존의 말에 운정이 되물었다.

"그럼 그들이 왜 우리를 포박하지 않고 이렇게 치료해 준 것입니까? 감시 하나 두지 않고."

악존이 날카롭게 눈을 뜨며 말했다.

"그 속셈을 누가 어찌 알겠소, 운정 도사."

그 눈빛엔 강한 의심이 섞여 있었다.

그때 마침 누군가 병동의 문을 열고 들어왔다. 그 소리가 끝까지 울려 퍼지기도 전에 악존의 양손에는 단검이 들렸다. 만약 들어온 사람이 가냘프기 그지없는 소녀가 아니었다면,

아마 그 단검은 진작 출수되었을 것이다.

그 소녀는 놀란 목소리로 말했다.

"H, how do you feel? I, I will call doctor!"

그렇게 말한 그녀는 빠른 걸음으로 다시 병동 밖으로 나갔다. 운정은 악존의 몸에서 살기가 풍기는 것을 느끼곤 빠르게 말했다.

"의원을 불러온다고 합니다. 살기를 거두시지요."

악존의 몸에서 풍기던 살기가 운정을 향했다.

"왜 그들을 돕는 것이오? 저 애가 혹시라도 고수들을 불러오면 어쩌려고?"

"그녀는 당신들을 정성껏 돌본 장본인입니다. 특히 호법원주께서 간밤에 악몽에 시달리며 흘리신 땀을 내내 닦아 줬다고 제게 말했습니다."

악존은 말이 안 된다는 듯 으르렁거렸다.

"그랬다면 내가 잠에서 깨어나지 않았을 리가 없소! 누가 내 몸을 만지기까지 하는데 잠을 처자고 있을 리가 없지."

"저도 그 부분은 잘 모르겠지만, 아마 기절하게 된 이유가 보통의 이유가 아니기 때문에 그런 듯합니다."

"……"

"전 완전히 기절하지 않았었습니다. 여러분들이 기절해 있을 때, 이곳의 왕까지 따로 뵈었습니다. 제가 그에게 부탁드려서 여러분들을 감옥에 잡아 두지 않고 이런 호의를 베푼 겁니다. 그걸 되돌리는 행동은 말아 주십시오."

"감옥? 왜 우리를 감옥에 넣으려 했다는 것이오?"

"당시를 떠올려 보십시오. 일촉즉발의 상황이었습니다. 그들이 방어적으로 나온 것을 그들 탓이라 할 수는 없습니다."

그의 말을 듣고도 악존의 눈에 담긴 진한 의심은 전혀 지워지지 않았다. 그가 나지막하게 말했다.

"뭐가 어찌 돌아가는지는 모르겠지만, 운정 도사. 난 당신이 황궁과 결탁했을지, 그도 아니면 이계와 결탁했을지 모르오. 이제 막 입교한 당신을 내가 어떻게 믿소?"

"그럼 이제 막 입교한 절 이번 이계행에 포함시킨 수뇌부의 결정을 믿으시면 될 일입니다. 제가 이런 일을 꾸밀 것을, 위에서 몰랐다는 겁니까?"

악존의 입이 크게 벌어졌는데, 그때 마침 한쪽에서 미약한 소리가 들렸다.

"그만하시게, 호법원주."

악존이 옆을 보니, 그곳엔 막 얼굴을 찡그리며 잠에서 깨어나고 있는 사무조가 있었다. 그는 눈을 감은 채 눈썹을 들어 올리면서 깊은 한숨을 쉬고는 몸을 서서히 일으켰다.

"괜찮으십니까, 사 장로?"

그의 말에 사무조는 고개를 몇 차례 끄덕였다. 그러곤 한쪽에 마련된 물을 발견하더니, 그대로 들어서 두 모금 정도 마셨다.

"하아. 살 것 같군. 머리가 조금 멍한 게 어지러운 것 같지만 정작 머리에 통증이 느껴지진 않아. 흐음. 꽤 오랫동안 잔 것 같은데 얼마나 잤지?"

악존이 대답했다.

"대략 만 하루라고 합니다."

사무조는 기지개를 켜더니 주변을 둘러보곤 운정을 향해 말했다.

"누운 채로 어렴풋이 들었는데, 그러니까 우리 모두 차원이동의 여파로 기절했다는 거지? 그리고 자네는 정순한 내공을 가지고 있어서인지 모르겠지만, 기절까진 하지 않았고. 그래서 자네가 왕에게 요청해서 우리를 치료하게끔 한 것이고. 맞나?"

운정이 대답했다.

"예, 맞습니다."

사무조는 눈을 다시금 느리게 감더니 말했다.

"크흠. 그러면 황궁의 사람들이 기절하지 않은 것도 말이되긴 해. 그들이 탁한 마공을 익혔을 리는 없으니까 말이야. 또 천살성들이 기절해 가면서 본능적으로 엄청난 마기와 살기를 뿜어냈을 테니, 당시 저쪽 입장에서 우리에게 경계심을 품은 것도 설명이 되고."

악존은 눈살을 찌푸리며 말했다.

"사 장로께서는 운정 도사의 말을 믿는 겁니까?"

사무조는 순간 눈을 번쩍 뜨면서 운정을 노려보았다. 그리고 단조로운 어조로 말했다.

"그럴 리가. 하지만 일단 운정 도사의 말에는 모순과 거짓이 없고, 또 상황들과 잘 맞아떨어진다는 건 부정할 수 없는 사실이지. 당장 반박이 안 되니까 믿어 주는 게 맞는 거고. 게다가 자네도 운정 도사의 말에서 거짓을 찾지 못해서 더 이러는 거 아닌가? 만약 찾았다면 오히려 믿어 주는 척하면서 뒷일을 도모했겠지."

"……"

"일단 내 판단으로 운정 도사의 말을 믿겠네. 자, 그래서 이계의 왕과 무슨 대화를 했는가?"

운정이 대답했다.

"델라이 왕은 저를 회유하려 했습니다."

"회유? 어떤?"

"천마신교와 델라이 간의 다리가 되어 줬으면 한다고 합니다."

"다리라… 다리라면 외교의 총책임자를 뜻하는 건가?"

"아시는지 모르겠지만 전 천마신교 내에서부터 이계인에게 마법을 배웠습니다."

사무조는 머릿속에 떠오르는 이름이 있어 말했다.

"아, 그 로수부루란 자? 그 마법사가 자네에게 마법을 가르쳐 준다는 소식은 들었었네."

운정은 고개를 한번 끄덕이며 말했다.

"그 때문인지, 제게 호의가 있는 듯합니다. 그가 이 나라에서 대단히 중요한 인물이었나 봅니다."

사무조는 잔수염이 난 턱을 매만지면서 말했다.

"흐음. 그쪽 입장에선 중원이 이계이니, 이계에 파견한 유일한 마법사라면 대단히 중요할 수밖에."

"그리고, 또 저쪽에 있는 제 친우… 그가 흑요인 점도 한몫한 듯합니다."

악존과 사무조는 운정이 손을 뻗은 곳을 보았다. 그곳에는 검은 피부에 이목구비의 형태가 묘하게 다른 인물이 누워 있었다.

바로 카이랄이었다.

사무조가 물었다.

"이계의 흑요가 왜… 설마 고지회의 일인으로 저 흑요가 있었는가?"

운정은 고개를 끄덕였다.

"예. 그도 저와 함께 이계에 파견된 고지회원입니다. 이계

출신이라 이계의 사정에 밝으니 이번 원정에 파견된 것입니다."

악존는 잠시 입을 다물지 못하다가 사무조를 보며 말했다.

"사 장로님, 고지회는 어떤 곳입니까? 어떤 곳이기에 이계의 흑요가 일원으로 있는 겁니까?"

사무조 또한 카이랄에게 시선을 고정한 채로 말했다.

"고지회는 외총부 직속. 그들에 대해서 정확히 아는 사람은 단 두 명일세. 고지회를 설립한 외총부 부관과 교주뿐이지. 정보부의 책임자인 나에게도 기밀로 되어 있네."

"설마 정보부에서도 모른단 말입니까?"

사무조는 슬쩍 웃으며 악존을 보았다.

"그건 호법원의 일도 마찬가지지. 정보부라고 해서 다 아는 건 아닐세."

"……"

사무조는 운정을 돌아보며 말했다.

"그럼 그런 인연들로 인해서 델라이 왕은 자네를 신임하게 되었고, 때문에 자네가 본 교와 이계, 두 국가 간의 교류의 중심이 되어 주었으면 한다는 것이군."

운정은 조금도 떨림이 없이 말했다.

"그렇습니다."

사무조는 팔짱을 끼며 부드럽게 말했다.

"뭐, 자네가 내 일을 대신해 준다면 좋지. 이왕이면 중간중간 통역도 해 주고."

운정은 자리에서 일어났다. 그리고 사무조와 악존이 있는 쪽으로 걸어왔다. 그는 한쪽으로 몸을 살짝 기울인 채로 말했다.

"이미 그쪽에선 교류를 통해서 무엇을 바라는지 제게 대강 말했습니다. 몸이 괜찮으시다면 들어 보시겠습니까?"

사무조는 악존을 살짝 돌아보더니, 곧 운정과 다시 눈을 마주치고는 말했다.

"좋네."

운정은 설명했다.

"그들이 이계에게 바라는 것은 당연하지만 무공입니다. 그리고 그 대가로 그들이 지불하려는 것은 마법입니다."

"그렇겠지."

"그들은 본래 천마신교, 황궁 그리고 무림맹 모두를 초청해서 누구와 거래를 할지 가늠하려 한 것 같아 보였습니다만, 일단 황궁으로 결정이 난 듯합니다. 일단 신용 면에선 무림맹과 천마신교는 한 문파이고 황궁은 한 나라이니 말입니다."

듣고만 있던 사무조는 그 말을 듣고 자신의 생각을 말했다.

"황궁은 마법을 먼저 선점해서 무림을 다시금 지배하고 싶어 하겠지? 본래 무림맹과 잘 노닥거리던 애들인데, 이번 원정에 그들을 배제한 걸 보면 그게 맞겠지."

"……"

"더 설명해 보게. 그래서? 그들이 천마신교는 안중에도 없었지만 자네 덕분에 달리 생각한 게 있겠군, 그래? 맞지?"

운정은 고개를 끄덕였다.

"처음부터 황궁과의 교류를 마법과 무공으로 하진 않는다고 했습니다. 우선은 기본적인 물품 같은 것으로 교류를 시작한다고 합니다. 만약 그전에 천마신교에서 그들의 요구를 들어준다면 즉시 마법을 내어 줄 수 있다고도 합니다."

"흐음. 무슨 조건이지?"

"무공입니다. 단순히 무공 서적을 말하는 것이 아니라, 델라이의 기사를 한 명 파견해서 그가 직접 무공을 익히는 것까지."

"증거를 바라는 것이로군."

"그렇게만 해 준다면 황궁보다 앞서 마법을 줄 수 있다는 것이 델라이 왕의 말이었습니다."

사무조는 잠시 눈을 감고 심호흡했다. 그러다가 곧 의미심장한 미소를 짓더니 말했다.

"물론 모든 일은 황궁은 모르게 해 주는 것도 조건이겠지. 재밌군. 재밌게 돌아가. 흐음."

덜컹.

그때 병동의 문이 열리고 한 남성과 방금 봤던 시녀가 걸어왔다. 그 남성은 상하의가 합쳐진 길고 흰옷을 입고 이상하게 생긴 문양을 가진 각종 액세서리를 하고 있었다. 그리고 한 손에는 그 문양이 크게 그려져 있는 지팡이도 들고 있었다.

그가 세 명의 남자를 번갈아 보더니, 운정을 보고 말했다.

"How long have they been awaken?"

운정이 대답했다.

"They just woke up. I think you can just call your king."

"Okay. But I like to make sure. I don't want to waste his time."

운정은 사무조에게 말했다.

"그가 진찰하고 싶다고 합니다. 몸 상태가 좋으면 아마 델라이 왕을 바로 뵈실 수 있을 듯하니 웬만하면 맡겨 보시는 것이 좋을 듯합니다."

그의 말에 사무조가 고개를 끄덕이고는 그 남자에게 손을 슬쩍 내밀었다. 그 남자는 손을 물끄러미 내려다보다가, 곧 눈을 감고 지팡이를 살짝 앞으로 뻗으며 주문을 외웠다. 때문에 사무조는 어색하게 팔을 내릴 수밖에 없었다.

"진맥도 마법으로 하나 보군."

그 남자는 들릴 듯 말 듯 한 목소리로 조용히 주문을 외우더니, 다시 눈을 뜨고 운정에게 말했다.

"I will call him here. But you need to come with me."

"Alright."

운정은 짧게 대답한 후 사무조에게 다시 말했다.

"저도 가야 할 듯합니다. 가서 왕을 모시고 오겠습니다."

사무조는 고개를 끄덕였다.

"알겠네. 나도 머릿속으로 생각을 정리하고 있을 테니, 다녀오시게."

운정은 포권을 한 번 취하더니 그들을 따라 밖으로 나갔다.

쿵.

문이 닫히자, 악존은 자연스레 내력을 끌어올렸다. 그리고 전음으로 사무조에게 말하기 시작했다.

[마법이 전음까지 무력화시킬지는 모르겠습니다만, 일단 전음으로 말하겠습니다.]

[그래, 조심해서 나쁠 건 없지.]

악존은 운정이 나간 문을 한번 노려보더니 곧 전음을 이었다.

[일단 그의 말에 거짓은 없었습니다.]

[그런데?]

[하지만 제 감에 의하면 그가 완전히 결백해 보이지도 않습

니다. 천살성이 거짓을 간파한다는 것을 알고 있다면, 진실을 말하되 일정 부분 감추고 말할 가능성이 있습니다.]

사무조는 비릿한 미소를 흘리며 말했다.

[충분히 가능하지. 특히나 무당파의 도사야. 그놈들은 자신들 규율 때문에라도 거짓말을 하지 않아. 하지만 그 세 치 혀로 지저분하기 그지없는 백도의 암투 속에서도 끝까지 살아남았었지. 사실을 말하며 진실을 숨기는 건 그들에게 숨 쉬는 것보다 쉬운 일이지.]

[그렇다면 제가 드릴 수 있는 도움은 크게 없는 듯합니다.]

[혹시 모르지. 천살성의 감이 이계인에게 통할 수 있을지도. 이따가 델라이 왕이 와서 말하면 그가 거짓을 말하는지 진실을 말하는지, 그것만이라도 판단해 보게. 거짓을 말하고 있다면 내게 신호를 주고.]

[숨을 마시거나 내쉴 때 아주 미세하게나마 크게 하겠습니다. 그것을 신호로 하시지요.]

[좋네.]

이후, 반각 정도의 시간 동안 병동에 있는 호법원 고수들이 모두 깨어났다. 악존은 그들 한 명, 한 명에게 상황을 대강 설명했다. 그들은 호법복을 입고 흑상까지 눈 주위에 다시 발라 임전 태세를 갖추었다.

그러는 동안 오로지 카이랄만 눈을 뜨지 않고 가만히 누워 있었다. 그의 존재에 대해서 많은 호법원 고수들이 의문을 품었지만, 악존과 사무조는 신경을 끄라는 명령을 내릴 뿐 더 이상 말을 하지 않았다.

시간이 좀 더 지나자, 병동의 문이 열리고 몇몇 사람들이 안으로 들어섰다.

중심에 델라이 왕을 필두로, 그의 양옆에 각각 로스부룩과 흑빛 갑주를 입은 기사 한 명이 있었다. 그리고 그 뒤로는 머혼 백작, 포트리아 백작, 그리고 운정이 따라붙었다.

델라이는 호법원 고수들의 시선을 한 몸에 받으면서 당당한 발걸음으로 사무조 앞에 섰다. 과연 일국의 왕답게 고수들이 내뿜는 기세 앞에서도 전혀 주눅 들지 않았다.

델라이가 고개를 슬쩍 뒤로 하자, 로스부룩이 앞으로 나와 그들 사이에 섰다. 이후 델라이는 공통어로, 사무조는 한어로 대화했고, 그들의 통역을 로스부룩이 했다.

델라이가 말했다.

"몸은 다 쾌차하셨다고 의사에게 들었으나 혹시 더 회복해야 한다고 느끼신다면 다음에 오겠소. 결례를 저지를 수야 없지."

사무조가 포권을 취하며 말했다.

"아닙니다. 괜찮습니다. 돌보아주신 일에 감사합니다."

델라이는 포근한 미소를 지으며 말했다.

"감사하기는. 여기 계신 운정 도사가 아니었다면 사실 크게 실수할 뻔했소. 사실 당시에 차원이동을 통해 도착한 여러분들이 보여 준 모습은 상당히 호전적으로 보였으니 말이오. 물론 그랬다는 것이 아니라 우리가 그리 보았다는 말이지만."

"그렇습니까? 하하, 아마 저희도 낯선 곳에 갑작스레 도착하니 조금 긴장했었나 봅니다. 이렇게 오해가 풀려서 다행입니다."

델라이는 잘되었다는 듯 고개를 여러 번 끄덕이면서 말했다.

"좋군. 좋아. 몸이 다 회복되었으면 어서 귀빈실로 모시겠소. 사실 이 병동은 실용성 외에 다른 것을 크게 가치 있게 여기지 않는 기사들이 자주 쓰는 곳이라 투박하기 그지없소. 귀한 손님인 여러분들을 이런 곳에 계속 두는 것은 본국의 수치이오. 그러니 내가 친히 여러분들을 귀빈실로 안내하겠소. 하하하."

"그저 아무나 저희를 안내해 주셔도 되는데 귀하고 바쁘신 몸으로 안내해 주신다니 몸 둘 바를 모르겠습니다. 하지만 이곳까지 와서 저희에게 베푸시려는 그 호의를 감히 제가 거절할 수는 없을 듯합니다."

방긋 미소를 지어 보인 사무조는 악존에게 짧게 말했고, 악존이 호법원 고수들에게 명했다.

"現在關注我們."

호법원 고수들은 하나처럼 대답했다.

"尊命!"

갑자기 병동을 쩌렁쩌렁하게 울리는 그 대답에 델라이와 그의 일행 대부분은 깜짝 놀랐다. 델라이는 어색하게 한번 웃더니 곧 손짓으로 문 쪽을 안내했고, 사무조는 포권을 한번 취하고는 걷기 시작했다.

델라이와 사무조. 나란히 걷는 그들 뒤로 각각의 일행이 쭉 따라붙었다. 그 긴 두 줄 사이에 있던 사람은 통역을 맡은 로스부룩과 운정뿐이었다.

그렇게 일다경을 걸으며 왕궁 안을 천천히 거닐던 그들은 왕궁의 귀빈실 앞에 도착했다. 그동안 그들 사이에선 왕궁이 어떠냐는 등 혹은 서로의 문화는 어떠냐는 등 서로의 목적이 전혀 섞이지 않은 평면적인 대화만 오갔다.

문 앞에 선 델라이가 말했다.

"편히 쉬시고 있으면 저녁 만찬에 초대하고 싶습니다. 어떻습니까?"

사무조가 대답했다.

"더할 나위 없는 영광입니다."

델라이는 고개를 작게 끄덕이며 마지막 인사를 했다.

"그럼, 저녁에 뵙겠습니다."

"예, 그때 뵙지요."

델라이는 몸을 돌리곤 자신의 일행과 함께 사무조에게서 멀어졌다.

사무조는 하녀들이 연 문을 통해서 자신의 일행과 함께 귀빈실 안으로 들어갔다.

각각의 일행이 따라 걸으며 수없이 많은 발소리가 서로에게서 멀어졌다.

운정은 귀빈실에 들어가기에 앞서 잠시 멈춰 멀어지는 델라이 일행을 바라보았다.

그곳에선 그와 마찬가지로 잠깐 멈춰 서서 뒤를 돌아보는 로스부룩이 있었다.

둘은 서로를 향해 한번 웃어 보였다.

*　　　　*　　　　*

카이랄은 눈을 떴다.

그러나 마치 타들어 가는 듯한 고통이 두 눈에서 느껴지자, 도로 눈을 감을 수밖에 없었다.

"빛이 너무 센가? 유리벽으로 되어 있어서 그런가 봐."

"직사광선이라도 유리벽을 통과하면 괜찮다고 하지 않았습

니까?"

"괜찮지. 봐. 재가 안 됐잖아."

"스페라!"

"알았어. 그냥 해 본 말이야. 직사광선만큼은 아니지만 그래도 빛이 강해서 그런가? 눈을 못 뜨는 건."

카이랄은 그 남녀의 대화 중 익숙한 목소리를 감지했다. 하지만 정신이 붕 떠 있는 듯해서, 누구인지는 기억해 낼 수 없었다.

그는 곧 눈꺼풀 너머로 쏟아지는 붉은빛이 서서히 미약해지는 것을 느꼈다. 이윽고 고통이 사라졌고, 두 눈을 떴다.

그의 정면에는 그를 이리저리 바라보는 운정과 스페라가 있었다.

"운정? 미치광이?"

운정의 얼굴에선 안도가 떠올랐고 스페라의 얼굴에선 짜증이 떠올랐다. 그녀는 지팡이를 들어 카이랄의 머리를 때리려했지만, 운정이 카이랄을 살펴보며 고개도 돌리지 않고 왼손을 한번 휘저었다.

그러자 머리로 떨어지던 지팡이는 작게 일어난 바람에 의해서 옆으로 툭 비켜 떨어졌다.

"마나가 남아도나 봐? 어?"

운정은 스페라의 말을 완전히 무시하고 카이랄에게 말

했다.

"몸은 어때? 괜찮아?"

카이랄은 눈을 빠르게 깜박였다. 그러곤 주변을 한번 둘러보더니 곧 코로 깊은숨을 쉬었다. 호흡이 필요해서가 아니라 냄새를 맡기 위해서였다.

"이 공기는… 역시 델라이로군. 내 기억으론 실신마법에 당한 거 같은데. 얼마나 지났지?"

"만 하루."

카이랄은 운정을 바라보며 말했다.

"몸은 괜찮다. 하지만 정신이 이상한 것 같아. 기절마법의 영향이로군. 아무래도 부활마법으로 자의식을 다시 붙잡아야 할 것 같은데, 중원처럼 주변의 마나를 사용하는 것은 불가능하다. 혹 마나스톤이 있는가?"

운정은 스페라를 보았고, 스페라는 얼굴을 조금 찡그리더니 말했다.

"광산 하나가 메말라서 국가적으로 마나 부족 상태야. 아니, 이 나라의 안위를 책임지는 나한테도 제대로 안 준다고 심지어."

처음 듣는 그 말에 운정은 고개를 갸웃하더니 말했다.

"머혼 백작에게 한번 부탁해 보십시오. 그는 괜찮아 보였습니다만."

"머혼이라고 뭐 뾰족한 수가 있었겠어? 네가 달라니까 그냥 준 거지."

"……."

"아무튼. 알겠으니까, 얼마나 필요한데?"

카이랄이 말했다.

"블루 두 개."

"뭐? 블루 두 개? 아니, 뭔 마법이… 아으."

스페라는 투덜거리며 병동 밖으로 나갔다.

쿵.

큰 문이 닫히고 둘밖에 남지 않자, 카이랄은 손을 위로 살짝 뻗었다. 그러자 천장에서 뭔가 흐물흐물거리더니 진득한 진액 같은 것이 카이랄을 향해 떨어졌다.

운정은 본능적으로 태극마검에 손을 가져갔지만, 카이랄이 이미 그것을 바라보고 있는 것과 편안한 표정을 하고 있는 것을 보곤 검을 놓았다.

척 하고 카이랄의 손에 달라붙은 그것은 흐물흐물거리며 그의 손가락 사이를 누볐다.

카이랄은 그것을 주시하며 말했다.

"내 패밀리어다. 슬라임이지."

"아, 전에 말했던 거?"

"여기서도 직사광선을 가려 주려고 했나 보다. 유리로 된 곳이라 반사광이 많아서 눈이 아팠던 거 같아. 저 마법이 빛을 흡수하나 보군."

카이랄이 고갯짓을 한 곳은 병동의 중앙으로, 그곳에는 검은색보다 더욱 검게 느껴지는 이상한 구체가 중앙에 떠 있었다.

운정도 그것을 바라보며 말했다.

"스페라가 저걸 만들자, 방 안이 어두워졌어. 아마 빛을 빨아들이는 것이겠지."

"대단하군."

"그렇지?"

카이랄도 운정도 제갈극에게 마법에 대해서 배웠다. 마법사로서의 능력은 그에 비해서 한참 떨어지지만 적어도 뭐가 대단한 마법이고 대단하지 않은 마법인지 판가름할 수 있을 만큼은 되었다.

스페라가 만든 빛을 빨아들이는 검은 구체는 그녀가 즉흥적으로 술식을 짜서 만든 것으로, 그 안에 숨겨진 기술과 창의력은 웬만한 마법사가 감히 따라 할 수도 없는 수준의 것이었다.

카이랄이 말했다.

"넌 패밀리어를 언제 만들 생각인가?"

운정은 자신의 단전 부위를 가리켰다.

"이미 있어. 내 속에 내재된 채로. 무려 네 정령이 모두 있지."

"네 정령? 두 정령이 아니라?"

"응. 자연의 힘은 서로 독립적이라기보다는 순환적인 것이거든. 서로가 서로를 낳고 서로가 서로를 죽이니까."

"흐음. 내가 아는 바에 의하면 자연재해는 절대로 섞일 수 없는 근본적인 네 가지 힘, 다시 말하면 에어, 테라, 이그니스, 아쿠아가 현실이라는 영역을 두고 싸우고 있는 것이다."

"하지만 중원에서는 그것은 사괘로 대변될 수 있어. 그리고 사괘는 서로 합쳐지고 나누어지기를 반복하며 순환하지."

"보는 사상에 의해서 세상의 원리가 달라지는구나."

"그것이 마법이잖아?"

"그것이 지성이겠지."

"……."

카이랄은 운정의 손을 바라보며 말을 이었다.

"방금 손으로 바람을 일으킨 것도 네 몸속에 내재된 실프의 힘인가?"

운정은 희미한 미소를 지었다.

"그렇다 할 수 있어. 지금 조금 화가 난 상태라 풀어 주려고 하다 보니, 건기를 쓰게 되네."

"실프에게 명령하는 것이 아니라 그 힘을 그대로 받아서 쓴다. 일반적인 패밀리어와는 다른 느낌이야."

"글쎄. 내가 검을 버리고 지팡이를 손에 쥔다면, 그땐 그녀를 현실에 불러낼 수 있지 않을까?"

"그럴 건가?"

"설마. 무당파를 다시 설립하려는 내가 검을 버릴 수야 없지."

"왜?"

운정은 눈을 동그랗게 뜨고 카이랄을 보았다.

"왜냐니?"

카이랄은 운정을 올려다보았다. 그의 두 눈에는 순수한 호기심이 담겨 있었다.

"왜 검을 버릴 수는 없지? 넌 이미 무당의 많은 것을 버렸지 않나?"

"그야……."

"마법도 익혔고. 마공도 익혔고. 규율에서도 벗어났고. 가르침에서도 벗어났지."

"……."

"검에는 뭔가 특별한 것이 있나?"

운정은 그 질문에 쉽사리 대답할 수 없었다. 그는 자신의 허리에 찬 태극마검을 슬그머니 내려다보았다.

태극마검.

그렇다. 그것은 태극검이 아니라 태극마검이다.

운정이 나지막하게 말했다.

"검 또한 형태에 불과하지. 그렇다면 무엇이 진정으로 무당파일까? 무당파의 무엇이 내게 남은 것일까?"

"꼭 무당파여야만 하는 건가?"

카이랄의 질문은 운정의 마음속 깊은 곳의 무언가를 찔러 들어왔다.

덜컹.

때마침 병동의 문이 열리고 스페라가 들어왔다. 그녀의 뒤로는 포트리아가 함께하고 있었다.

스페라는 왼손에 쥔 두 개의 마나스톤을 카이랄에게 주었다. 그것은 은은하게 푸른빛으로 빛나고 있었는데, 전에 운정이 머혼에게 받았던 마나스톤의 흰빛보다 더욱 오묘했다.

스페라는 그것을 카이랄에게 건네며 말했다.

"여기, 하지만 조건으로 이 여자가 지켜보겠대. 부활마법."

카이랄은 손을 내밀다 말고, 스페라 옆에 선 포트리아를 보았다. 스페라는 카이랄이 뭐라 말하기 전에 먼저 말을 꺼냈다.

"그저 지켜보기만 할 거야. 마법으로 염탐하거나 하지 않을 테니 걱정 마."

"그럼 왜 부활마법을 보려 하는 것이지?"

"부활마법이 실존하는지 눈으로 확인하기 위해서지. 요즘 들어 델라이의 많은 학파들이 그 존재를 부정하고 있거든. 학계에 알려 주면 좋아할 거니까. 이분은 그 중인 같은 거야."

"극히 폐쇄적인 네크로멘서 학파에서만 내려오는 마법이니 그럴 만도 하지. 그런 거라면 상관없다."

카이랄은 스페라의 손에서 두 마나스톤을 가져갔다. 그리고 그것을 왼손에 쥐고는 마법의 주문을 길게 영창하더니 곧 시전했다.

[리인카네이션(Reincarnation).]

그러나 마나스톤에서 청색빛이 한순간에 사그라들었다.

카이랄은 조용히 눈을 감고 있다가 서서히 눈꺼풀을 들었는데, 그의 두 눈이 연한 보랏빛으로 강렬하게 불타오르고 있었다.

"Indeed."

짧게 공용어를 읊조린 포트리아는 한 손에 가져온 필기도구로 종이 위에 글을 적기 시작했다. 스페라는 안 보는 척하면서 슬쩍슬쩍 포트리아의 글귀를 확인했다.

운정이 말했다.

"이제 괜찮아?"

카이랄은 고개를 끄덕였다.

"다시금 분노가 차오르는 것을 제외하면. 운정, 혹시 지금 당장 내가 해야 할 일이 있나? 없다면 요트스프림(Yottspreme)에 대해서 조사하러 나가고 싶다."

그의 두 눈은 전과 다른 강렬한 생기가 넘쳤다. 운정이 포트리아를 보자, 포트리아는 막 필기를 마치고는 점 하나를 딱 찍으며 말했다.

"My king is interested in him. But I guess I can't stop a dark elf from his way to go where he pleases. I mean who can?"

카이랄은 그 말을 듣자 침상에서 일어났다. 그러자 스페라가 당황한 표정으로 운정에게 말했다.

"흐음. 그가 왕궁 안을 돌아다니면 문제가 많을 거야. 여기서 그냥 장거리 순간이동 마법을 쓰는 게 좋을 거 같은데. 왕궁 내에선 병동에서만 마법을 쓸 수 있거든."

카이랄은 잠시 고개를 숙이곤 말했다.

"Then I'd like to teleport to the Balgur forest. It's not that far from here."

너무 갑작스러운 말에 운정이 카이랄의 어깨를 붙잡고 말했다.

"카이랄, 잠깐만. 이대로 어딜 간다는 거야? 바, 발구루 숲? 거긴 왜 가려는데?"

카이랄은 자신의 어깨 위에 올려진 운정의 손을 슬쩍 보았다. 운정은 그 순간 그 손을 내리고 싶은 기분이 들었지만, 일부러 참고 손을 계속해서 올린 상태로 두었다.

한참 그 손을 보던 카이랄이 다시 고개를 들고 운정을 보며 말했다.

"내가 여기서 할 일이 있다면 하지. 내가 왕을 만나기를 바라나?"

"그런 건 아니야."

"보아하니 네 신변이 위험한 것 같지도 않군, 맞지?"

"으응, 그렇지."

"그럼 나는 내가 하고 싶은 일을 하겠다."

"그게 그 발구르 숲에 가는 거야?"

"그곳에 가서, 혈맹을 만나 보려고 해. 그들은 아마 요트스프림에 대한 정보를 가지고 있겠지. 그걸 조사하고 싶다."

운정은 그제야 카이랄이 무엇을 하고 싶어 하는지 제대로 이해할 수 있었다.

부활마법은 죽은 몸에게 가상의 목적을 만들어 그것을 바탕으로 생명력을 유지한다. 그 가상의 목적으로 가장 잘 이용되는 것은 분노. 카이랄은 자신을 버린 자신의 일족에게 복수하는 것으로 목적을 잡았었다.

운정이 말했다.

"방금 부활마법을 갱신해서 그쪽으로 의지가 강해진 거야?

알잖아? 그건 그냥 만들어진 목적이야."

카이랄이 대답했다.

"알지. 하지만 만들었어도 내가 만들었다. 그렇다면 의미가 있는 것 아닌가?"

"……."

운정은 말은 하지 않았지만, 그의 두 눈이 그의 마음을 담고 있었다. 카이랄은 그 두 눈에 담긴 감정을 이해할 수 없었지만 어렴풋이 알 듯했다.

인간은 항상 그렇지만.

"내가 걱정되나 보군."

"돌아는 올 거지?"

"당연하지. 내 힘으론 당장 복수를 할 수는 없다. 왜 그런 어리석은 추측을 했는지 모르겠군."

운정은 희미하게 웃었다.

"글쎄. 나도 모르겠어. 부활마법 때문에 네가 좀 바뀌어서 그런지, 이상하게 걱정돼."

"네가? 나를? 정말로 이상하군."

운정은 아무런 말도 하지 않았다.

그들의 대화가 끝났다고 생각한 스페라가 말했다.

"그럼 가는 거지? 지금?"

"텔레포트에 사용되는 마나는 내가 공급하지. 내 은신처에

몇 개 있을 거야."

스페라는 고개를 끄덕이며 한쪽으로 오라는 손짓을 하며 병동에서 조금 공간이 나오는 곳에 섰다.

카이랄도 그곳으로 걸어가며 말했다.

"You need to teleport to where shadow lies."

"I know. No worries."

그녀는 잠시 눈을 감았고, 곧 주문을 시전했다.

[텔레포트(Teleport)]!

그들이 사라지고 병동에는 운정과 포트리아만이 남았다. 스페라가 남겨 두었던 검은 구체도 같이 사라져서, 병동 안으로 햇빛이 스며들며 서서히 주변이 밝아지기 시작했다.

*　　　　*　　　　*

스페라는 곧 돌아왔다.

운정과 스페라와 함께 병동 밖으로 나온 포트리아는 공용어로 운정에게 물었다.

"잠시 걷겠습니까? 델라이 왕궁은 그 중간에 큰 정원이 있습니다. 이 정원을 빙 도는 회랑이 있는데, 한쪽 면이 뚫려 있어 감상하기 좋습니다."

어차피 천마신교 인물들이 모여 있는 그 귀빈실에 가봤자 환영받지 못할 것이다.

운정은 대답했다.

"좋습니다."

스페라는 말없이 슬쩍 중간에 끼었다.

병동에서 이어진 복도를 따라 걷기를 5분, 그들은 포트리아 백작이 말했던 회랑에 도착했다.

회랑 한쪽은 유리벽으로, 다른 한쪽은 흰 대리석으로 된 굵은 기둥이 이어져 있었다. 그리고 그 기둥들 뒤로 보인 정원은 하나의 숲이라고 말해도 모자라지 않았다. 고목으로 보이는 나무들하며, 그 위에서 돌아다니는 각종 곤충들과 귀여운 동물들은 마치 공간마법으로 숲 한가운데를 떼 온 것 같았다.

"안으로 들어가진 마십시오. 관리마법을 망가뜨릴 수 있으니."

확실히 자연적으로 있을 수 없을 것 같긴 했다.

운정을 안쪽으로 해서, 스페라와 포트리아가 천천히 걷기 시작했다. 포트리아는 정원 이곳저곳을 주시하는 운정의 눈치를 한번 살핀 후 말을 시작했다.

"마음은 좀 정해지셨습니까?"

운정은 한숨을 깊게 내쉬더니 말했다.

"아직까진 모르겠습니다."

포트리아는 병동에 오면서 머리를 짜내 생각해 낸 회유의 말들을 한 번씩 점검했다. 그리고 그중 가장 좋아 보이는 것을 선택해서 말하려 했다. 하지만 그녀가 말하기 전에 운정이 먼저 말을 이었다.

"你以前是將軍嗎?"

낯선 한어에 포트리아는 스페라를 보았고, 스페라는 운정을 보았다. 운정은 여전히 정원을 바라본 채로 고개를 돌리지 않았다.

스페라는 그가 한어를 하는 이유를 몰랐지만, 일단 말을 통역해 주었다.

"전에 장군이셨습니까?"

포트리아가 대답했다.

"지금도 전시에는 장군이 됩니다. 물론 스페라 백작이 있는 한 왕국 내에서 그럴 일은 없겠습니다만."

운정은 계속해서 정원을 바라본 채로 한어로 말했고 때문에 스페라가 중간에서 통역해 주었다.

"전쟁은 어떻습니까?"

"예?"

추상적인 질문을 이해하지 못한 포트리아는 스페라를 보았는데, 스페라는 어깨를 한번 들썩이는 것으로 통역의 잘못이 아니라는 뜻을 내비쳤다.

운정이 더 말했다.

"중원에는 오랜 시간 동안 전쟁이 없었습니다."

포트리아는 믿을 수 없다는 듯 물었다.

"전쟁이 없었다?"

"현재 델라이 왕국에서 외교를 하려는 중원의 대운제국은 대략 250년의 역사를 가지고 있습니다. 도사이기에 세속의 역사는 잘 알지 못하지만, 그 오랜 시간 동안 태평성대(太平聖代)가 있었다는 사실은 역사를 배우지 못한 저같이 무지한 도사도 아는 것입니다."

포트리아는 입을 살짝 벌렸다.

"어떻게 그 긴 기간 동안 평화가 가능했습니까? 황궁에는 중원 전체를 상대로 이길 힘이 있습니까?"

운정은 되물었다.

"힘? 힘으로 평화가 유지된다는 말입니까? 왜 그렇게 생각하셨습니까?"

"그야, 파인랜드가 그렇기 때문입니다."

"파인랜드에는 전쟁이 없습니까?"

포트리아는 운정의 뒷머리를 지그시 바라보았다. 그를 회유하려는 자신의 마음을 잘 알 텐데 왜 이상한 소리를 하는지는 몰랐지만, 일단은 그의 환심을 사는 것이 먼저라 성실히 대답해 주었다.

"작금에 와서는 거의 없어졌지요."

"궁금합니다. 어떻게 없어졌는지."

포트리아는 정원을 비추는 태양을 보았다. 높게 떠 있는 그 태양의 위치를 보았을 때, 아마 해가 질 때까지 적어도 세 시간은 있을 것이다.

"그럼 반대로 운정 도사께서도 중원에서 전쟁이 왜 없는지 설명해 주셔야 합니다."

"잘 알지 못하지만, 제가 아는 한 대답해 드리겠습니다."

포트리아는 팔짱을 끼더니 머릿속에 든 오랜 지식들을 끄집어내었다.

"마법혁명 이전의 전쟁은 그저 머릿수였습니다. 왜, 뒷골목 패싸움 같은 거 있잖습니까? 좀 더 많은 쪽이, 좀 더 잘 준비된 쪽이 이기는, 그런 전쟁 구도였죠. 당시에 흔히 쓰였던 철기가 매우 흔했다는 것도 한몫합니다. 모두가 무장할 수 있으니, 모두가 싸울 수 있고, 때문에 전쟁이 일어나면 모두가 죽고 죽이는 비참한 일이 계속되었지요."

"그렇군요."

"하지만 마법혁명이 그 흐름을 바꾸었습니다. 중원의 평화가 250년이라고 하셨나요? 묘한 우연일지 모르지만, 역사학자들은 마법혁명의 시작도 그쯤으로 생각합니다. 그때 마법의 체계가 잡히기 시작하면서 많은 사람들이 마법을 활용할 수 있게 되었고, 또 그런 마법 기술로 인해서 철을 상회하는 다양한 초합금속들이 개발되었습니다. 운정 도사께서 친히 찢어 버린 멜라시움도 그중 하나이지요."

"……."

"때문에 무력이 급발전하게 되었습니다. 250년 전부터 100년까지, 그 150년간은 수많은 사람들이 대학살을 당하는 전쟁이 많았습니다. 갑자기 발전하는 마법과 초합금속에 맞춰서 끊임없이 강력한 무기들이 나왔고, 이걸 모르던 적의 입장에서 떼죽음을 당하는 일이 반복적으로 일어나지요. 이때를 살육의 시대라고 하는데, 흔히 전설에나 나올 법한 한 마법사가 수만의 사람을 학살하는 사례도 몇 차례 일어났죠."

운정은 처음으로 정원에서 고개를 돌려 스페라를 보았다. 스페라는 운정의 말을 한참 통역하다가 곧 그의 시선을 느끼고는 말했다.

"내 경우에는 수천이었어. 그것도 몬스터였고. 과장된 거야, 소문은."

"……."

포트리아는 헛기침을 하곤 더 설명했다.

"크흠, 그렇게 과도기를 거쳐서 100년 전쯤인가? 결국 전쟁에서 일반인들은 전혀 필요가 없게 되었습니다. 그들이 할 수 있는 일이라곤, 전쟁 전 준비와 전쟁 후 정리를 도와주는 것뿐이지, 전쟁 자체에선 큰 도움이 되지 못하게 되었죠. 그래서 전쟁은 서서히 강력한 소규모의 싸움이 되었고 현 상황까지 내려온 겁니다. 마법사와 기사들의 싸움으로."

"그렇군요."

"게다가 미티어 스트라이크라는 마법의 존재. 그것도 한몫합니다. 50년 전쯤인가? 제국에서 가장 먼저 그 마법을 발명하고 실제로 거행했습니다. 건방진 한 왕에게 쓴맛을 보여 준다는 것이 그 목적이었는데, 설마 유성 하나가 떨어지는 것이 한 도시를 완전히 없애 버릴 줄은 몰랐지요. 나라는 그날로 망해 버렸고, 예상을 극히 뛰어넘는 그 위력 때문에 제국 의회에서도 마법 자체를 폐기해야 한다는 목소리가 있었습니다. 하지만 제국은 그 마법을 놓지 않았고, 이렇게 저렇게 유출되어 여러 나라에 퍼졌습니다."

"델라이 왕국도 그중 하나군요?"

"정식 용어는 없지만 더 포 킹덤즈(The Four Kingdoms)라고 합니다. 제국을 제외하고 미티어 스트라이크 마법을 보유한 네 왕궁을 칭하는 말이죠. 제국을 포함해서, 이 다섯 강대국에서는 미티어 스트라이크 마법을 포기하지 않는 대신 어떠한 종류의 전쟁도 일으키지 않겠다는 피의 서약을 합니다. 그리고 그것을 어긴 나라가 있다면 다른 네 나라에서 미티어 스트라이크로 그 나라를 멸망시킬 것에 모두 동의했습니다."

"……."

"물론 그렇다고 전쟁이 없지는 않습니다. 파인랜드에는 다섯 나라 외에 수많은 왕국이 있으니까요. 당연하지만 그들은 여전히 전쟁 중에 있는 곳이 많습니다. 그리고 전쟁 중에 있는 나라 대부분은 다섯 나라 중 한 곳이 후원하고 있죠."

"그럼 전쟁이 없지는 않은 것 같습니다."

"있다고 해도 기사들과 워메이지 간의 소규모 분쟁일 뿐입니다. 아무리 규모가 커 봐야 몇백. 천을 넘어가는 경우는 거의 없습니다. 그만큼 기사들을 무장시키고 워메이지를 키워낼 국력이 있었다면 애초에 미티어 스트라이크 마법 보유국이 되었을 겁니다."

"그래서 힘이 평화의 이유라고 자연스럽게 생각하셨군요? 파인랜드의 평화가 절대적인 힘에 의해서 유지되고 있으니……."

포트리아는 진심을 담아서 물었다.

"중원의 평화는 어떻게 유지되고 있습니까?"

운정은 잠시 고민하더니 이내 답을 주었다.

"솔직히 그 방면에 대해서 깊게 생각해 본 적은 없습니다. 하지만 방금 포트리아 백작의 이야기를 들으면서 영감이 떠오르긴 했습니다."

운정이 뜸을 들이자, 포트리아가 재촉했다.

"어떤 영감입니까?"

운정은 몇 번이고 자신의 생각을 점검하고는 말했다.

"중원에는 무공이 있습니다. 이를 익힌 사람은 범인이 절대로 이길 수 없다는 그 점에선 파인랜드의 기사나 워메이지와 같다고 보입니다. 하지만 그건 무엇보다도 자질이 중요합니다. 그리고 오랜 시간 동안 익혀야 합니다. 그 때문에 대부분의 고수들은 문파와 가문에서 배출되는 것이겠지요."

"······."

"파인랜드 왕국 간의 전쟁처럼, 중원에도 문파 간의 분쟁은 언제나 있습니다. 다만, 저는 그것을 차마 전쟁이라고 생각하지 않았던 것 같습니다. 만약 전쟁의 개념을 조금 확장한다면, 중원에도 전쟁이 끊이지 않고 일어난다고 할 수 있겠군요. 단지 단위는 더 적은 수십에서 백까지가 한계겠지만."

포트리아는 그 말을 듣고 작은 생각에 잠겼다.

하나의 세계에서, 한 사람이 담당할 수 있는 무력. 그 힘이 강해지면 강해질수록 전쟁의 양상은 소규모가 된다. 얼마나 많은 인간이 동원되느냐보다 강력한 고수를 몇 명이나 보유하고 있느냐가 중점이 되기 때문이다.

가장 간단하게 생각했을 때, 중원에서 인간 간의 분쟁 규모가 수십에 불과하다면, 수백에 이르는 파인랜드보다 더욱 고도의 기술이 있다고 보는 게 맞다. 물론 인구나 문화 등등 고려해야 할 것이 많지만, 일단 이렇다 할 정보가 없는 상태에서는 그 판단보다 정확한 판단을 내릴 수는 없다.

포트리아가 고개를 살짝 숙이고 고심하는 동안, 운정은 그녀를 물끄러미 보았다. 묘한 빛을 내는 운정의 두 눈은 포트리아의 얼굴에 있는 작은 털의 움직임 하나 놓치지 않고 모조리 훑어보았다.

"전에 중간 지대라고 하셨지요?"

포트리아는 퍼뜩 정신을 차리고 고개를 돌려 운정을 보았다.

운정은 깊은 눈빛으로 그녀를 바라보고 있었다.

포트리아는 서둘러 대꾸했다.

"예, 중간 지대. 운정 도사께서 델라이와 천마신교 사이에 있기에 말씀드린 겁니다."

운정이 말했다.

"전쟁에서 중간 지대에 있으면 처음에는 대접을 받지만 결국 비참한 결과를 맞이하게 된다는 뜻은, 다섯 왕국 어디에도 속하지 않고 스스로 서 있기를 바라던 작은 왕국들이 결국 전쟁에서 패배하게 된 것을 경험적으로 알기에, 말씀하시는 겁니까?"

포트리아는 순간 심장이 덜컹거리는 것을 느꼈다. 그녀의 설명을 듣고 왜 그녀가 그런 비유를 들었는지 정확한 이유를 말했기 때문이다.

하지만 정계에서 오랫동안 입지를 다진 그녀는 그 마음을 겉으로 내비치지 않을 수 있었다.

"옆에 계신 스페라 백작께서 말씀하시길, 운정 도사의 지혜는 남다르다 하셨는데 과연 그런 것 같습니다. 제 짧은 이야기를 듣고 그런 유추를 하시니 말입니다."

"……"

"그렇습니다. 결국 천년제국이나 네 왕국의 지원을 받지 않은 약소국가는 멸망하게 마련입니다. 그들이 아무리 좋은 자원과 아무리 좋은 인재와 아무리 좋은 기회 그리고 아무리 좋은 체계를 가졌다 해도, 결국은 한 나라를 후원국으로 선택하거나 아니면 망하거나 둘 중 하나로 귀결되었습니다."

운정은 말했다.

"그래서 말인데, 천마신교와 델라이는 외교 관계 아닙니까?"

"예, 그렇습니다만."

"그런데 왜 전쟁을 하는 두 국가에 빗대어서 비유를 드신 겁니까?"

"예?"

"저를 전쟁하는 두 국가 사이에서 후원국을 결정하지 않은 약소국에 비유하신 그 의미가 궁금해서 하는 말입니다."

"……."

포트리아가 아무런 말도 하지 않자, 운정이 다시 물었다.

"혹 델라이는 천마신교와 외교를 하려는 것이 아니라 전쟁을 하려는 겁니까?"

그 순간만큼은 스페라도 통역하지 않았다.

아니, 못했다.

그래서 운정이 다시금 공용어로 물었다.

"Is war what your king wants?"

그 질문을 듣는 포트리아의 눈빛과 표정에선 어떠한 변화도 없었다.

*   *   *

"잘 넘겼다?"

델라이의 질문에 포트리아는 그의 눈을 마주 볼 수 없었다.

"아마, 눈치는 챘을 것 같습니다."

"오랜만이군, 포트리아 백작이 실수한 것은."

"……."

델라이는 손에 들고 있던 문서들을 내려놓으며 의자에서 일어났다.

"골치 아프군. 벌써부터 이곳저곳에서 난리들이야. 어째 수요가 더 늘었어?"

그의 말에 포트리아 앞에 앉아 있던 머혼이 육중한 몸을 델라이에게로 돌리면서 말했다.

"벌써 한 달이 넘었습니다. 아무리 1급 기밀로 설정했어도, 온시스 마나스톤 광산이 고갈되었다는 사실이 이런저런 사유로 퍼질 만한 시간입니다. 특히 마나스톤으로 상업하는 자들은 소규모 집단인 만큼, 행동도 빠른 것입니다."

"그럼 더 이상 결정을 미룰 순 없겠군."

"……"

"……"

델라이는 집무 책상에서 걸어 나와 포트리아와 머혼이 앉아 있는 그 카우치의 상석에 다시 자리했다. 그리고 그는 양손을 그들에게 펴 보이며 말했다.

"그래서? 다들 말해 봐. 귀족들 십중팔구는 두 백작분의 아래 있으니, 그들의 의견도 대략적으로 들었을 것 아닌가? 의회를 열어서 공식화하기 전에 미리 알아 두면 나도 좋고 두 백작들도 좋은 거 아닌가?"

포트리아는 머혼을 보았고, 머혼도 포트리아를 보았다. 한동안 서로를 주시하던 그들 중 포트리아가 먼저 말을 꺼냈다.

"제가 이번에 실수한 것도 있고, 중원에 직접 다녀오신 머혼 백작님의 의견대로 하는 것이 좋을 듯합니다."

머혼은 팔짱을 끼더니 말했다.

"난 사실 그게 진짜 실수인가 궁금하긴 합니다, 포트리아 백작. 내가 이 나라에서 하려는 일들은 항상 포트리아 백작께서 반대하시지 않습니까?"

포트리아는 말도 안 된다는 듯 코웃음 쳤다.

"피해의식이 심하시군요. 스페라 백작에게 들은 것 없습니까? 그 자리에서 통역을 한 건 스페라 백작입니다. 제가 보았을 땐 운정 도사가 정말로 날카로운 감각을 지녔거나, 아니면 어디선가 눈치챌 만한 정보를 얻은 것이 아닌가 합니다만?"

"오호? 그럼 그 정보를 내가 제공했다?"

"운정 도사께서 저와 만나기 전까지 머혼 백작의 저택에서 거하시지 않으셨습니까? 대화를 좋아하시는 머혼 백작께서 또 굳이 필요 없는 말들을 하셨을 수도 있지요."

"그럴 수도 있지요. 혹은, 포트리아 백작께서 의도적으로 운정 도사에게 우리의 속셈을 밝힘으로써, 그가 우리의 편에 서지 못하게 하는 것일 수도 있지요. 그가 델라이 왕국에 문패를 세운다면 제 힘이 더욱 커지게 될 것이라 생각하시는 것 아닙니까?"

"문패가 아니라 문파입니다. 여전히 발음에는 재능이 없으시군요, 머혼 백작."

"쓸데없는 디테일에 지나친 관심을 가지시는 그 성격은 여전하십니다, 포트리아 백작."

언제나처럼 유치한 언쟁을 하는 그들을 바라보던 델라이는 가만히 차를 마셨다. 사실 이쯤에서 말려야 하는데, 가만히 있으니 두 백작은 은근히 델라이의 눈치를 보기 시작했는데, 델라이는 그것조차 눈치채고는 한 손바닥을 들어 보이며 말했다.

"오해하실까 봐 말씀드리는데, 난 두 분의 언쟁을 싫어하지 않아. 사실 좋아하는 면도 크니까."

"……"

"……"

"아무튼. 그래서 서로 책잡는 일을 다 했으면, 이제 의견이라도 내놓아 보시오. 포트리아 백작은 본인의 말과 다르게 머혼 백작의 말대로 하기를 전혀 원하는 거 같지 않으니, 이쯤에서 농담은 그만두고 본인 생각을 말해 보게."

포트리아는 델라이 쪽으로 몸을 조금 기울이며 말했다.

"간단합니다. 무공과 마나, 둘 중 하나를 선택할 것 없이 초합금속을 내주면 됩니다."

"초합금속?"

델라이의 되물음에 포트리아가 더 설명했다.

"지금까지 운정 도사의 설명에 의해서 중원에 대한 사실이 꽤 밝혀졌습니다. 그중 하나는 강력한 금속을 만들어 내기보다는 스스로의 수련을 통해서 강한 힘을 내는 것을 선호한다는 것입니다. 초합금속이라면 그들도 구미가 당길 겁니다."

"흠, 하지만 중원인들이 초합금속을 쓰기 시작하면 우리 입장에서도 곤란한 사태가 벌어질 수 있어."

"그러니, 내마성이 없는 초합금속으로 줘야지요. 마나를 속에 집어넣는다니, 그래야만 하고요. 그리고 그런 금속이야 우리 입장에선 충분히 공급할 수 있지 않습니까?"

머혼이 고개를 끄덕였다.

"내마성이 없으면 마법에 취약하니까, 우리가 상대할 수 없을 만큼 강해지진 않는다, 뭐 그런 뜻이로군. 그럼 포트리아 백작께선 내마성이 없지만 철보다는 뛰어난 초합금속이 그들에겐 엄청난 메리트로 작용할 거라고 보십니까?"

포트리아는 머혼을 따라서 고개를 끄덕였다.

"그렇습니다. 그렇다면 마법을 내어 주면서 마나를 가져올지 아니면 무공을 가져올지 선택할 필요가 없습니다. 우리 기술로 만든 초합금속까지 주면 둘 다 요구할 수 있습니다."

"흐음."

고민하는 듯한 델라이의 표정을 보던 머혼은 재빠르게 말했다.

"분명 매력적인 제안이지만, 이는 추측에 불과합니다. 중원인들이 우리의 초합금속을 얼마나 귀히 여기겠습니까? 만약 귀히 여기지 않는다면 결국 마법을 내주는 대가로 무공과 마나 둘 중 하나를 선택해야 합니다."

"그리고 머혼 백작의 의견은 마나를 가져오자는 거였지? 무공은 운정 도사를 통해서 천마신교에게서 가져오고."

"그렇습니다, 폐하."

델라이는 팔짱을 끼고는 깊은 숨을 들이마셨다.

그렇게 얼마나 시간이 지났을까?

그는 결정했다는 듯 말했다.

"일단 천마신교는, 다시 말하지만 정말 마음에 들지 않네. 로스부룩이 그들에게 죽지 않았다고 해도, 그들의 책임임은 분명해. 그리고 그걸 아직도 모르고 있어. 그게 더 괘씸하기 이를 데 없지."

머혼이 말했다.

"사실 그것은 무림맹에 속한 화산파라는 자들의 짓입니다. 그리고 중원에 자리 잡았다는 네크로멘시 학파도 관여되어 있는 걸로 압니다."

델라이는 고개를 흔들며 못마땅한 뜻을 내비쳤다.

"애초에 왕이 다스리는 것이 아니라, 그 문파라는 자들이 권력을 쥐고 흔들고 있다는 것이 마음에 들지 않아. 중원의 황제가 강력한 중앙집권을 할 수 있도록 돕는 것이 우리에게도 다루기 쉬우니까, 그 계획은 번복하지 않겠네."

머혼의 안색이 조금 나빠졌지만, 그는 고개를 한번 숙이면서 표정을 숨겼다.

"그럼 중원의 황제에게는 마법을 주고 중원의 마나를 받는 식으로 하며, 천마신교에게는 마나스톤을 공급하고 운정 도사를 통해 무공을 받는 것으로 가면 될 일입니다. 그러면 갑작스러운 힘을 얻은 천마신교가 무림맹이든 다른 문파든 모두 굴복시킬 것이고, 때가 되면 마나스톤의 부작용으로 인해 황궁을 앞세우기 딱 좋을 것입니다."

그 말에 포트리아가 어이없다는 듯 주먹을 쥐고 상을 두어 차례 두들겼다.

"머혼 백작. 그건 머혼 백작께서 처음부터 주장하셨던 거 아닙니까? 누가 들으면 마치 지금 새로 생각해 낸 것처럼 말씀하시는 것 같습니다? 전하, 초합금속으로 거래하는 것을 생각해 보십시오. 운정 도사 한 사람을 통해서 무공을 얻는 것은 위험하기 그지없습니다. 차라리 초합금속을 통해서 문파들과 따로 거래를 해, 공식적으로 무공을 수입하는 것이 좋습니다."

"그러다가 초합금속을 얻은 중원의 힘이 너무 강력해지면 어쩌려고 그러나?"

"말씀드렸다시피 마나를 속에 넣어야 하니, 내마성이 없는 것으로만 수입할 것이고, 그렇다면 아무리 강한 자라도 마법에 취약할 수밖에 없습니다. 천마신교에서 온 정예들이 기절 마법에 속수무책으로 당하는 걸 보셨잖습니까?"

델라이는 나지막하게 말했다.

"멜라시움이 종잇장처럼 찢어지는 것도 보았지. 단순한 철검으로 말이야."

"……."

"……."

"그러면 아다만티움이나 미스릴 검으로 그 검기라는 것을 날려 봐. 어떻게 되겠나? 머혼 백작의 말대로 우리의 초합금속이 중원에 퍼지게 되면 그들의 힘이 너무 강력해질 가능성이 있지. 우리의 상상보다. 아닌가?"

포트리아는 날카롭게 눈을 뜨며 말했다.

"하지만 운정 도사를 통하면 여기 앞에 계신 머혼 백작의 힘이 너무 강력해질 우려가 있습니다. 이미 델라이 왕국에서 그의 손을 벗어나는 일은 없지 않습니까? 왕께서는 그의 힘이 염려되지 않으십니까?"

델라이의 표정은 아무런 변화가 없었다.

머혼은 그 말을 듣고 한쪽 입꼬리를 올렸다.

"결국 내 말이 맞았군. 난 포트리아 백작의 그런 솔직함을 언제나 존경합니다."

포트리아는 고개를 대각선으로 살짝 숙여 보이며 말했다.

"개인적인 감정은 없습니다. 단지 너무 많은 권력을 가진 사람은 누구든 타락하게 마련입니다, 머혼 백작."

"알지. 잘 압니다."

"그렇다면. 파인랜드로 무공이 들어오는 '운정 도사'라는 그 통로. 그것을 머혼 백작께서 내려놓으실 수 있다면 전 머혼 백작의 의견에 따르겠습니다."

머혼이 말했다.

"글쎄? 나도 그러고 싶지만 내가 그걸 어떻게 내려놓을 수 있다는 겁니까? 애초에 난 운정 도사를 가진 적이 없습니다. 그는 그의 의지대로 행동할 뿐이지. 그가 실제로 우리 쪽에 붙는다는 것도 가정이 않습니까? 그러고 보니, 난 포트리아 백작이 그 일에 매우 힘을 쓰기에, 나를 도와주려는 줄 알았지요."

"제가 나서서 그렇게 하지 않았다면, 머혼 백작께서 암중에라도 어떻게든 포섭할 거라는 판단 때문입니다. 머혼 백작의 의견에 동의하기 때문은 아닙니다."

"아, 그런데 실수하셨었지? 혹시 그건 내가 암중에라도 어떻게 포섭하지 못하게 하기 위함이오?"

"의도를 가진 건 실수가 아닙니다, 머혼 백작. 그리고 그건 실수입니다. 제가 무인이다 보니 은연중에 호전적인 성향을

第四十二章 123

드러낸 것 같습니다."

중년의 남성과 여성은 서로를 차갑게 바라보았다.

머혼이 말했다.

"날 너무 과대평가하는 경향이 있는 것 같습니다, 포트리아 백작은."

"아니요. 혹시나 과소평가하는 것이 아닌가 매일 걱정합니다."

"……."

"……."

침묵이 이어지는 와중에, 델라이가 머혼의 어깨에 손을 살짝 올리며 포트리아를 보았다.

"만약 머혼 백작이 델라이 왕국을 집어삼킬 계획이었다면, 진작 그렇게 했을 것이야, 포트리아 백작. 권력에 관한 것이라면 나처럼 예민한 사람이 없지. 내가 단언하건대 그에게는 이 나라의 권력을 잡겠다는 마음이 없어."

포트리아는 눈빛을 더욱 빛냈다.

"그렇기에 더욱 위험한 겁니다. 왜 모르십니까, 전하."

머혼은 어깨를 한번 들썩이더니 말했다.

"그래도 앞에 이렇게 버젓이 있는데 너무하십니다. 이간질은 보통 당사자가 없는 데서 해야 효과가 있지 않겠습니까?"

"이간질로 보려거든 그리하십시오. 하지만 제가 하는 모든 말은 이 나라를 생각해서 하는 말입니다."

머혼의 미소가 귀까지 걸렸다.

"저 역시 그렇습니다, 포트리아 백작."

포트리아는 더 이상 마음속에 품은 혐오를 감추지 못했다. 그녀의 표정과 눈빛에서 드러난 그 감정을 보며 머혼 또한 비웃음을 숨기지 않았다.

델라이는 피곤하다는 듯 고개를 도리도리 흔들더니 말했다.

"아버지께서 나에게 해 준 말이 있네. 신하들은 항상 두 편을 갈라서 싸우고 자기 밥그릇을 챙기는 것이 아니면 모든 안건에 있어서 동의하지 않을 거라고."

"……"

"……"

"그럴 때 최선의 방법은 바로 두 가지 안건을 모두 채용하는 것이라 했지. 물론 가능하다면 말일세. 자, 내가 보기에는 두 분의 의견은 딱히 서로 상충되는 것이 없어 보이는데, 둘 다 각자 자신의 뜻대로 진행해 보는 건 어떠시오들?"

머혼이 말했다.

"포트리아 백작의 의견대로 초합금속을 수출하면 중원에 너무 큰 힘이 될 겁니다."

포트리아도 지지 않고 말했다.

"머혼 백작의 의견대로 운정 도사를 통해서 무공을 들여온다면, 무공은 오로지 머혼 백작의 기사들만 배우게 될 겁니다."

델라이가 방긋 웃더니 머혼을 보고 말했다.

"그럼 운정 도사를 통해서 기사들에게 무공을 가르쳐서 너무 큰 힘을 가지게 된 중원을 상대하면 될 일이고……."

그는 고개를 돌려 포트리아에게 말했다.

"초합금속을 통해서 무공을 가져와서 왕국의 기사들에게 훈련시키면 될 일이지."

"……."

"……."

"결국 둘 다 잘 성공하면 둘 다 염려하는 바가 해결되는 것이니, 자신들의 뜻을 잘 관철시켜 보시게. 아, 그리고 서로 방해하는 일은 국익에 저해되니 그건 내가 나서서 막을 테니까, 염두에 두고."

머혼과 포트리아는 더 말하지 않고 가만히 있었다.

할 말이 없다기보단 생각이 너무 많아진 탓이었다.

第四十三章

둥근 형태를 띤 의회장은 사백여 명의 사람을 수용할 수 있을 만큼 거대했다.

의회장의 유리 천장은 둥그런 형태였는데, 네 개의 철골이 한쪽 끝에서부터 중앙을 지나 다른 끝까지 균등하게 이어져, 유리 천장을 여덟 부채꼴로 갈랐다. 그리고 중앙에서부터 점차 넓어지는 원형의 철골이 세 개까지 있어, 총 32개의 유리 칸들이 햇빛을 난반사하며 밝게 빛나고 있었다.

그곳은 델라이 최고 권력기관인 의회가 나라의 중대사를 논할 때 모이는 곳이다. 의회는 델라이 왕과 백여명의 귀족들로 이루어져 있는데, 작은 안건에 대해서는 황궁에 머무는 중앙귀족들이 대부분 처리하며 나라의 중대사를 논할 때만 지방 귀족까지 참석한다.

이계와의 외교는 현 안건들뿐 아니라 과거 델라이의 모든 안건들을 통틀어도 손에 꼽힐 만큼 큰일이기에, 두어 명의 백작을 빼놓고 모두 모였다. 권력을 탐하는 귀족들은 앞으로 델라이의 미래에 큰 영향을 미칠 이번 일에 눈을 부릅뜨고 상황을 살펴보았고, 평소 정계에 관심 없던 이들조차 이계인을 구경하기 위해서라도 의회에 참석했다.

델라이는 의회장 중앙 뒤쪽에 마련된 왕좌에 앉아 있었고, 그의 옆으로는 스페라 그리고 궁정에서 일하는 궁정 마법사들이 있었다. 그들의 위치는 조금 높아서 의회장을 아래로 내려다보는 형태였다.

안건 회의가 시작되고, 몇 차례 형식적인 인사가 오갔다. 경찬군은 중원의 황복을 차려입고는 당당히 한어를 사용하며 연설했다. 한마디, 한마디마다 스페라가 통역을 하느라, 연설의 시간은 꽤 길어져 한 시간을 넘고 있었다.

귀족들 대부분은 지루해했지만, 그 와중에도 정신을 집중하며 경찬군을 바라보는 몇몇 눈길들이 있었다.

그렇게 몇 번의 허울 좋은 치례가 반복되고서야, 귀족들의 따분한 표정을 바꿀 만한 이벤트가 시작되었다.

"So, it's about the time. We would like to demonstrate our sword skill call WuGong."

통역한 스페라가 고개를 끄덕이자, 경찬군은 한쪽을 바라보며 팔을 올렸다. 그러자 중원의 경갑옷을 입은 유한이 한쪽에서 천천히 걸어 나와 중앙에 섰다. 뒤로 바삐 움직이며 이것저것을 설치하는 기사들 앞에서, 그는 귀족들을 향해 포권을 여러 번 취해 보였다.

물론 천마신교의 인물들이 앉아 있는 의석으론 눈길조차 주지 않았다.

"꼴값을 떠는군."

운정은 옆에서 들리는 사무조의 소리에 고개를 살짝 돌렸다. 그는 그의 바로 옆에 앉아 있던 암존의 귓가에 손을 올리며 다시 말했다.

"황궁에서 이계의 왕과 귀족에게 제대로 아양을 떨려고 작정을 했구먼, 참 나. 실전에서 아무 쓸모 없는 황궁 예식 때 입을 만한 갑옷을 입고 말이야."

그 말을 들은 암존이 입꼬리를 올렸다.

"저희가 무공이 무엇인지, 그리고 천마신교가 어떤 곳인지 제대로 보여 주면 될 일입니다."

"맞네. 황궁을 향한 그들의 시선을 빼앗아야지, 이대로 추하게 기절해 버린 무림인으로 남을 순 없지 않은가?"

그 말을 들은 암존으로부터 은은한 마기와 살기가 흘러나
왔다.

운정은 일이 심상치 않게 돌아간다는 것을 느꼈지만, 중앙
쪽에서 검을 뽑는 소리를 듣고는 그쪽으로 고개를 돌렸다.

유한은 곧은 자세를 잡고 검을 앞으로 쭉 뻗고는 천천히 검
에 내력을 불어넣고 있었다. 그에 따라 그의 검은 은은한 빛
으로 빛나기 시작했는데, 투명한 천장에서 태양빛이 그대로
쏟아지는 의회장 안임에도 불구하고 그 빛은 자신의 존재감
을 확연히 드러내었다.

"오?"

"오오!"

귀족들의 두 눈엔 여러 감정들이 떠올랐다. 지금까지 있었
던 지루함이 단번에 날아간 듯, 모두들 흥미진진한 표정으로
유한을 바라보았다.

유한은 그 검을 양손으로 잡고는 한쪽을 가리켰다. 그곳에
는 철갑옷을 입혀 놓은 허수아비가 있었다. 귀족들의 시선이
그 허수아비에게 향하자, 유한은 검을 쭉 위로 올리고는 그
갑옷을 향해 휘둘렀다.

그러자 은은한 빛이 검을 타고 쓸려 내려가 검신을 떠났다.
그리고 곧 그 허수아비를 향해 화살처럼 날아갔다.

서— 걱!

쿵!

철갑옷은 반으로 잘린 채 바닥에 떨어졌다.

황궁 내에서, 특히 의회장에선 마법을 사용할 수 없다는 것을 잘 아는 귀족들은 그것이 마법의 힘이 아님을 알고는 눈에 이채를 띠었다.

하지만 그뿐이었다. 그도 그럴 만한 것이 철을 자르는 것쯤이야 마법으로도 충분히 가능한 일이기 때문이다. 중원의 기술이 마법을 넘어서는 무언가를 보여 주지 않는 한, 귀족에겐 그저 유흥거리에 지나지 않는다.

유한은 다시 검을 앞을 뺀고 검에 내력을 불어넣기 시작했다. 그리고 어디선가 나온 기사들이 잘린 허수아비와 철갑옷을 치우고는 다른 허수아비를 세우고 그 위에 다른 갑옷을 입혔다.

"미스릴? 미스릴인가?"

"오호. 이건 좀 기대가 되네."

미스릴(Mithril).

그것은 최고의 초합금속 중 하나로 그 제조 방법은 전 세계에서 제국의 한 귀족이 독점하고 있다. 강도 S급. 경도 S급. 탄성 S급에 달하는 유일무이의 금속으로, 가볍기 그지없는 무게 또한 큰 장점으로 알려져 있었다. 단 하나, 약점이 있다면 내마성이 없어 마법에 취약하다는 것.

귀족들은 이제 고개를 앞으로 내밀고 몸을 숙일 정도로 유한의 검에 집중했다.

유한은 역시나 같은 동작으로 미스릴 갑옷을 입은 허수아비를 향해 검기를 내뿜었다.

서— 걱!

철갑옷처럼 미스릴 갑옷조차 두 동강이 나며 아래로 떨어졌다. 몇몇 귀족들은 작은 탄성을 내기도 했고, 믿을 수 없다는 듯 서로를 바라보며 웅성거렸다.

미스릴 갑옷은 고위 귀족이나 한 왕국의 왕은 되어야 자신의 기사에게 하사할 수 있는 값비싼 것이다. 그 갑옷을 입은 자는 마법이 아니고서야 전혀 상대할 수 없으니, 마법이 금지된 왕궁이나 성내에선 최고의 성능을 자랑한다.

그런 미스릴 갑옷을 저렇게 원거리에서 두 동강을 내 버린다? 그렇다는 건 지금 마법이 금지된 의회장 안에서 그가 검을 휘둘러 죽일 수 없는 사람이 없다는 것과 진배없었다.

그런데 그때, 유한이 다시금 검을 올렸다. 이대로 이벤트가 끝날 줄 알았던 귀족들의 얼굴에는 의문이 들기 시작했다. 그러나 기사들이 또 다른 허수아비와 또 다른 갑옷, 그것도 거무칙칙한 멜라시움 풀 플레이트 갑옷을 준비하는 것을 보고는 자신의 눈을 믿을 수 없었다.

"서, 설마?"

"메, 멜라시움을?"

웅성거리는 와중에 유한은 전과 동일한 자세를 취하고, 동일한 방법으로 검기를 쏘아 보냈다. 귀족들은 빠르게 날아가는 검기를 도저히 눈으로 좇을 수 없었기에, 그저 멜라시움 갑옷에 시선을 두었다.

그리고 그것은 곧 반토막이 났다.

서— 걱!

쿵!

반쯤 잘린 멜라시움 풀 플레이트 갑옷이 아래로 떨어지며 의회장의 바닥을 깨뜨렸다.

귀족들은 믿을 수 없다는 듯 소리쳤다.

"세, 세상에!"

"말도 안 돼!"

귀족들 중 상당수가 자리에서 벌떡 일어났고, 어떤 자들은 충격에서 벗어나지 못하는지 멍한 표정이 되었다.

멜라시움이 잘린 것은 미스릴과는 또 다르다. 미스릴이 강도와 무게 면에서 멜라시움을 압도하지만, 그래도 멜라시움이 최고의 초합금속으로 칭송받는 이유는 바로 내마성! 미스릴은 전혀 막지 못하는 마법을 막아 낼 수 있다는 강점 때문이다.

그런데 그런 멜라시움조차 저렇게 잘려 버린다?

그것은 파인랜드의 그 어떠한 금속으로도 중원인의 검기를 막을 수 없다는 것을 증명한 것이다.

귀족들은 자연스레 델라이 왕을 지키는 흑기사단에게 시선을 던졌다. 그들은 모두 멜라시움 풀 플레이트 아머를 입고 있어, 표정을 전혀 확인할 수 없었다. 하지만 분명 속에선 긴장하고 있으리라, 모든 귀족들은 생각했다.

유한은 처음처럼 포권을 여러 차례 취해 보이고는 처음 나왔던 곳으로 되돌아 들어갔다.

운정은 그 시연을 보면서 전에 나지오가 그에게 말했던 것이 떠올랐다. 이계로 가서 무당의 유풍살을 시연해 달라는 부탁.

만약 오늘 유한이 보여 주었던 시범을 운정이 유풍살로 시연했다면 귀족들은 아마 경기를 일으켰을지도 모른다.

300m가 넘어가는 거리에서 투명하게 날아드는 검기가 멜라시움 풀 플레이트 갑옷을 두 동강 낸다?

지금도 귀족들이 경찬군을 바라보는 눈빛이 확연히 달라졌는데, 유풍살을 보여 주었으면 아마 두려움과 경외심이 더해졌을 것이다.

한데 그런 군중들 사이에 비웃음을 지닌 남자가 있었다.

"애들 장난을 더는 못 봐 주겠군!"

그렇게 소리친 암존은 마기를 흩뿌리며 경공을 펼쳐 의회

중앙에 섰다. 하늘을 나는 듯한 그의 모습은 이미 충격으로 점철된 모든 귀족들에게 또 한 번의 경외심을 불러일으켰다.

예상 밖의 일에, 델라이는 눈살을 찌푸린 채로 사무조를 바라보더니 자리에서 일어났다. 그런데 그때 암존이 델라이를 향해 포권을 한번 취하고는 당당한 목소리로 말했다.

"대천마신교에서도 시범을 준비했으니, 보여 드리도록 하겠소. 저희의 무공을 보면 여기 계신 귀족분들도 누구와 거래를 해야 할지 정확히 판단하실 수 있을 것이오."

델라이는 암존을 보지도 않고 사무조를 향해서 손짓했지만, 그전에 스페라가 암존의 말을 통역해 버렸다.

"Our organization also wants to demonstrate WuGong so that you will know who to trade with."

델라이가 눈살을 찌푸린 채 스페라를 보았다. 스페라는 혀를 한 번 살짝 물더니 어깨를 들썩이면서 작게 속삭였다.

"It will be fun. I guarantee."

델라이가 한숨을 쉬는데, 암존이 손가락을 들어 한 흑기사를 가리켰다. 그 흑기사의 갑옷에는 다른 흑기사들과 다른 좀더 화려한 문양이 장식되어 있어 누가 보아도 그가 기사단을 이끄는 우두머리인 것을 알 수 있었다.

흑기사단장, 슬롯은 얼굴을 일그러뜨렸다. 손가락을 까딱거리는 이계인에게 이대로 물러난다면 그것은 그의 명예의 문제가 된다.

안 그래도 이계인과의 싸움을 다시 하고 싶었다. 안 그래도 가슴 깊이 꿈틀거리는 패배감에서 벗어나고 싶었다. 전에는 한 번도 보지 못한 기술에 속수무책으로 당한 것이지만, 이번에는 만반의 준비를 하고 제대로 싸워 볼 자신도 있었다.

그는 델라이를 바라보며 주먹을 가슴 위에 올렸다. 자신을 보는 델라이의 표정이 썩 좋지 못한 것을 보면 자신이 패배하리라는 것을 직감한 듯싶었다. 그래서 더더욱 그는 증명하고 싶었다.

델라이가 마지못해 고개를 끄덕이자, 그는 자신의 휘하 기사들을 향해 손을 뻗으며 말했다.

"Arming sword."

그러자 다른 흑기사들은 가슴 위에 손을 한 번 얹더니, 멜라시움으로 만든 아밍소드를 가져왔다. 그는 아밍소드를 몇 번 휘두르며 천천히 악존 앞에 섰다.

쿵. 쿠— 쿵.

의회장을 울리며 기본자세를 잡은 그의 모습은 여인처럼 도도하면서 사내처럼 당당했다. 무겁기 그지없는 멜라시움이 전혀 방해가 되지 않는지, 그의 움직임은 부드럽기 그지없었다.

그것을 본 악존은 피식 웃더니 귀족들을 향해 말했다.

"이계인들아, 잘 보거라. 대천마신교의 마공을!"

그는 그렇게 말한 후, 앞으로 한 걸음을 내디뎠다.

그의 모습이 일순간 사라지더니 갑자기 슬롯 앞에 나타났다.

쾅―!

내력을 잔뜩 머금은 손바닥이 슬롯의 복부를 가격하자, 천둥과도 같은 굉음이 울렸다. 그리고 그와 동시에 멜라시움 갑옷 일부가 뜯겨져 나갔다.

"쿨컥."

투구에서 핏물이 흘러나왔고, 아밍소드는 땅에 떨어졌다.

악존은 자신의 손바닥을 물끄러미 내려다보며 쥐락펴락했다.

"단단하긴 정말 단단하군. 금강석? 아니, 그보다 더 단단해. 아예 배때기를 뚫어 버리려 했는데 말이지. 단순 내력으로 안 되면 장태를 보여 주면 되겠어."

그는 다시금 자세를 잡고는 오른손에 내력을 모았다. 그 내력은 그의 손에 존재하는 모든 빈 공간을 채우고 그것을 넘어서 흘러넘치기 시작했다. 그런데 악존은 그런 흘러넘치는 내력까지도 초진동을 통해 자신의 손에 붙잡아 두었다.

강기(罡氣).

그리고 그 강기를 장(掌)으로 발경(發勁)하는 장태(掌颱)는 멜라시움을 먼지로 만드는 것과 동시에, 그 안에 있는 슬롯의 몸을 무로 되돌릴 것이 자명했다.

악존의 주먹에 담긴 가공할 기운은 너무나 강렬하고 또 짙은 살기로 점철돼 있었다. 그것을 맞게 된다면 슬롯이 죽을 거라는 것은 무학을 전혀 모르는 델라이와 모든 귀족들까지도 눈치챌 수 있었다. 그들 모두는 찰나 후 델라이 왕국 최고의 기사가 죽게 되리라 예상했고, 때문에 몇몇은 큰 소리로 악존을 저지하려 했다.

하지만 누구의 말이 나오기 전에, 악존의 팔이 먼저 움직였다.

쿵—!

생각보다 빠르게 충격이 느껴지자, 악존은 눈을 가늘게 떴다.

그의 앞에는 그의 손바닥을 태극마검으로 막은 운정이 있었다.

태극마검의 검 중앙이 정확히 악존의 손 모양을 따라 안으로 파여 있었다.

"그만하시지요."

운정의 말에 악존의 미간이 꿈틀거렸다.

검면으로 지사장태(紙瀉拳颱)을 막았다?

장풍도 아니다.

장태다.

단순 기를 발경한 것이 아니라 강기를 발경한 것이다.

그런데 그것을 검면으로 막다니?

내력은 그렇다고 치자.

심후하기 짝이 없다고 해.

그렇다면 강기와 강기의 충돌로 인한 폭발은?

강기는 기의 덩어리가 실체화를 한 것이다.

그리고 실질적인 운동량을 동반한다.

두 강기가 충돌하는 것은 눈앞에서 폭탄이 터진 것과 같다.

그런데 마치 삼류무사의 장법을 검면으로 막은 것처럼 아무 일도 일어나지 않다니?

악존의 몸에서 살기와 마기가 더욱 진해지기 시작했다.

"히이익."

"하, 하악. 뭐? 뭐야?"

의회장에 있던 모든 귀족들은 갑작스레 전신의 근육이 놀라고 신경이 곤두서며 식은땀이 나는 것을 동시에 느꼈다. 이는 델라이도 마찬가지여서 두려운 표정으로 스페라를 돌아봤는데, 스페라는 놀랍도록 무표정하게 운정과 악존을 내려다보고 있었다.

델라이가 뭐라 하려는데, 스페라가 먼저 말을 꺼냈다.

"I will make sure everyone's safety. But you need turn off NMZ first."

델라이는 고개를 돌려 궁정 마법사들을 보았다. 그들 또한 당황하여 델라이를 바라보고 있었는데, 델라이는 고개를 살짝 끄덕이는 것으로 자신의 뜻을 전했다.

궁정 마법사는 입술을 살짝 물더니 스페라와 델라이를 번갈아 보며 갈등하기 시작했다. 그러자 답답해진 델라이가 말했다.

"Do as you are told! Now!"

궁정 마법사는 곧 몸을 돌려 의회장에서 나갔다.

그때쯤 악존의 두 눈은 핏발이 서리기 시작했고, 머리카락은 옷 위로 넘실거리기 시작했다. 의회장을 가득 채운 그의 마기는 그가 극마(極魔)의 영역에 달한 마인인 것을 확연히 나타냈다.

악존은 살기 어린 목소리로 운정에게 말했다.

"본좌가 본격적으로 활동하기 시작했을 때, 무당의 도사들은 이미 중원에서 쓸려 나간 뒤였지. 그들은 과거 본교의 고수들에게도 뒤처지지 않았다고 들었는데, 여기서 그 실력을 확인하겠군."

운정은 무표정하게 말했다.

"델라이 왕국의 중요 대신들이 모인 자리입니다. 이곳에서 난동을 피우면, 천마신교야말로 가장 해를 볼 것입니다. 그렇지 않습니까, 사무조 장로?"

운정은 사무조를 돌아보며 물었다. 그러자, 사무조는 고개를 한번 끄덕이며 말했다.

"호법원주. 마기를 거두시게. 교주에게 나를 교주와 같이 여긴다는 맹세를 했다 했지? 그렇다면, 명을 내리지. 당장 마기를 거두고 나에게 오게."

악존의 입술이 비틀어지더니 사무조를 바라보는 눈길에서도 살기를 뿜었다.

"그렇다고 장로께서 교주가 된 건 아니잖습니까? 천살성의 금제는 교주가 아니면 작동을 하지 않습니다. 내가 내 분노를 억누르려 해도, 할 수 없음을 양해해 주시지요, 사무조 장로."

"그렇다면 최소한 자리를 옮기게. 그 정도의 이성은 아직 남아 있지 않은가?"

악존은 고개를 좌우로 꺾으며 뼈 소리를 냈다. 그러더니 운정을 보곤 말했다.

"따라와라. 이 자리에 있는 자들이 해를 입기를 원하지 않는다면."

그렇게 말한 악존은 다리를 굴렀다. 그러자 바닥이 쪼개지더니, 그의 몸이 하늘 높이 떠올랐다.

와장창!

그가 주먹을 뻗자, 유리로 된 천장이 깨지면서 그 조각이 사방으로 비산했다. 32개의 유리 칸 중 하나를 뚫어 버린 것이다.

마침 그 위치 아래 있던 귀족들은 떨어지는 날카로운 유리 조각들을 보며 소리를 지르며 벗어나려 했다. 악존은 아랑곳하지 않고 철골로 된 곳에 안착하더니, 운정에게 손짓할 뿐이었다.

[Stay.]

어디선가 큰 영창 소리가 울리더니 천장에서 쏟아지던 유리 조각들이 공중에 멈췄다. 운정은 막 바람의 기운을 일으키려던 손을 내리며 그 소리가 들린 곳을 보았다.

그곳에는 지팡이를 높이 들고 있는 스페라가 다급한 표정을 짓고 있었다.

운정이 말했다.

"I will be back soon."

스페라가 대답하기도 전에, 그는 손을 살짝 펼쳤다. 그러자, 그의 손에서 못 쓰게 된 태극마검이 스르륵 땅에 떨어짐과 동시에, 땅에 있던 멜라시움 아밍소드가 절로 그의 손에 들어왔다.

그는 곧 몸을 붕 띄워 악존이 만들어 놓은 구멍으로 나갔다.

그리고 그걸 기다렸다는 듯이 악존은 이제 막 고개를 내민 운정에게 장법을 펼쳤다.

운정은 멜라시움 아밍소드에 내력을 넣으며 악존의 장법을 검면으로 막으려 했다. 하지만 그 검은 끝없이 운정의 내력을 빨아들이기만 할 뿐 전혀 차오르는 감이 없었다.

하는 수 없이 운정은 급하게 내력을 끌어 올리며 바람의 기운을 모아 한쪽으로 쏘았다.

펑―!

바람에 의해 급가속한 운정의 몸이 활시위처럼 휘어져 옆으로 날아갔고, 악존의 손바닥은 딱 그 휘어진 부분을 아쉽게도 지나쳤다.

탁.

운정은 악존의 반대편에 있는 철골 위에 서서 악존을 보았다.

휘이잉.

의회장 천장 위는 꽤나 높기 때문에, 옷가지가 펄럭일 정도의 바람이 불고 있었다.

운정이 물었다.

"자리를 옮긴다는 게 고작 지붕 위입니까?"

"지금도 본좌는 최대한 분노를 억누르고 있으니, 그리 말씀하지 마시게. 더 화가 나지 않는가?"

"또한 델라이의 귀족들에게 해를 입히지 않는다고 하지 않으셨습니까? 당신이 과격하게 유리 천장을 깨서, 떨어지는 조각에 수십이 다치거나 죽을 뻔했습니다."

"그건 중력과 유리 조각이 그들에게 해를 입히는 것이지, 내가 한 건 아니지. 그렇게 관계를 따지다 보면 나를 낳은 내 어머니 잘못이게? 그리고 나는 그런 약조를 한 적이 없어, 운정 도사."

그를 바라보던 운정의 두 눈이 반쯤 내려앉았다.

"호법원주께서는 전형적인 사파인(邪派人)이시로군요."

그 말에 악존은 기가 막힌다는 듯 큰 소리로 외쳤다.

"크하하! 사파(邪派)? 하! 시대가 어느 땐데 사파라 하느냐? 산속에 틀어박혀 여생을 보내니 이백오십 년 전 혈운제가 대운제국을 세운 건 혹 아느냐? 크하하! 과연 도사답구나! 본좌는 흑도인(黑道人)이니라."

"아닙니다. 당신에겐 도(道)가 없습니다. 그러니 제가 가르쳐 드리지요."

운정은 악존을 보던 눈길을 살짝 아래로 하여, 투명한 유리 천장을 통해서 의회장 안쪽 상황을 보았다. 그곳에는 스페라가 마법을 부려 공중에 띄운 유리 조각들을 옆으로 치워 내고 있었다.

"싸움 중 어딜 쳐다보는 게냐!"

악존은 정권 자세 그대로 앞으로 쏘아졌다. 그리고 곧 그가 떠났던 자리 뒤쪽의 유리들이 박살이 나며 사방에 비산했다.

와장창!

유리 깨지는 소리가 들릴 때쯤, 악존이 손바닥으로 운정의 얼굴을 삼키려 했다. 그의 손에선 검은빛이 물씬 풍기는 것이, 장풍을 손바닥에 붙잡아 두는 어기충장(御氣充掌)이 분명했다.

운정은 몸을 반쯤 돌리며 오른손에 들고 있던 멜라시움 아밍소드에 내력을 넣으면서 휙 휘둘러 뻗어 오는 악존의 손목을 자르려 했다.

덥석!

그대로 끝까지 이어질 줄 알았던 악존의 손바닥은 갑자기 방향을 틀어 자신에게 날아오는 멜라시움 아밍소드를 잡아 버렸다. 그러고는 그대로 검을 꺾어 버리기 시작했다.

드득. 드드득.

멜라시움 아밍소드에서 마치 돌이 갈리는 듯한 소리가 나며 한쪽으로 휘어지기 시작했다. 아무리 멜라시움이 강력한 물질이라고 해도 내력의 도움 없이 장풍을 두른 손을 이길 순 없었기 때문이다.

물론 운정이 멜라시움에 내력을 넣지 않은 것은 아니다. 다만 그가 아무리 내력을 집어넣어도 멜라시움에 차오르지 않은 것뿐이다. 무슨 조화인지 알 수 없지만, 멜라시움은 내력을 전혀 받지 않았다.

운정은 멜라시움 아밍소드를 손에서 놓았다. 무림인에게 있어 아무리 좋은 명검이라 할지라도 내력을 불어넣을 수 없다면 목검보다 못한 것이다.

그는 양손의 손바닥을 펼쳤다. 무당파의 기본 외공 중 하나인 팔괘장법(八卦掌法)을 펼치기 위함이었다.

그것을 본 악존은 코웃음을 치며 반쯤 꺾인 멜라시움 아밍소드를 옆으로 버렸다.

"검객이 장법사에게 장법으로 대항하려 한다? 흥! 네놈 같은 건방진 놈들에겐 압도적인 힘으로 겸손을 가르치는 게 선배로서의 도리지! 한번 막아 보거라! 하흡!"

악존은 갑자기 깊은 숨을 참아 내며 양손을 하늘로 뻗었다. 그러자 그의 마기가 다시금 폭사되어 하늘 위로 솟아올랐고, 그것은 곧 주변 일대에 불쾌하기 짝이 없는 마기의 냄새를 흩뿌리기 시작했다.

하늘에 이르는 마기.

그것은 그가 천마(天魔), 아니, 초마(超魔)에 이르는 마인이라는 뜻이었다.

운정은 양 손바닥을 가슴에 모은 채로 가만히 있었다. 악존은 그 모습에 다시금 입술을 뒤틀더니 말했다.

"본좌의 마기에 놀랐구나. 컬컬컬. 하지만 이제 와서 자비를 바랄 순 없을 것이다."

말이 끝나기 무섭게 손바닥 하나가 악존의 미간에서 튀어나왔다. 그리고 악존의 손바닥에 운정의 머리가 잡혔다. 하지만 악존은 자신의 손에서 아무런 감각을 느낄 수 없었다.

곧 악존의 손바닥에 잡힌 운정의 머리가 흐릿하게 변하더니 하늘에서 운정의 두 손바닥이 떨어졌다.

"훙!"

악존은 이미 예상했다는 듯, 다시 오른손을 모았다가 운정의 두 손바닥을 향해 뻗었다.

쿵—!

와장창—!

악존이 서 있던 철골이 푹 꺼지면서 주변 유리 천장이 깨졌다. 운정의 두 손바닥과 악존의 한 손바닥이 맞닿은 곳에는 강력한 내력의 충돌이 일어나고 있었는데, 그 기운이 엇비슷하여 어느 한쪽도 승기를 잡지 못하고 있었다.

악존은 천천히 왼손을 들어 오른손의 손목을 살며시 붙잡았고, 그것을 보던 운정의 두 눈이 크게 떠졌다.

그 순간 가공할 장력이 악존의 오른손 손바닥에서 뿜어졌다.

꽈르릉―!

천둥이 치는 소리가 울리며 악존의 장태가 하늘 높이 치솟았다. 그리고 그 아래로 몸을 굴려 피한 운정이 사뿐히 다리를 철골 위에 올려놓았다.

탁.

다리가 철골 위에 닿는 그 순간 운정은 옆에서 느껴지는 가공할 기운에 모든 내력을 최대한 끌어올려 양손으로 방어를 시도했다.

꽈르릉―!

또 한 번의 강한 충격음과 함께 운정의 몸이 붕 떠올랐다. 하염없이 날아가는가 싶더니 다행히 의회장 천장 위로 떨어졌다. 유리창은 깨지지 않았지만, 그 충격이 심하긴 한지, 운정이 한 번씩 구를 때마다 이리저리 금이 가고 있었다.

털썩.

그렇게 천장 끝까지 밀려나 건물 아래로 떨어지려던 운정은 마지막 테두리를 이루고 있는 원형 철골에 겨우 손을 뻗어 몸을 멈출 수 있었다. 그가 몸을 일으키려 하는데, 갑자기 시야가 어두워지는 것을 느꼈다.

"이제 알겠느냐?"

운정은 철골을 잡고 있는 자신의 손바닥 위에 발을 올려놓은 악존을 천천히 올려다보았다. 악존의 표정은 그 뒤로 태양빛에 가려 보이지 않았지만, 눈빛에서 느껴지는 마기와 살기로 인해 어떤 표정일지는 충분히 짐작할 수 있었다.

운정이 나지막하게 말했다.

"처음 볼 땐 지마급 마인인 줄 알았습니다만, 방금 천마급 마기를 내뿜으시는 것을 보니, 무위를 짐작하기 어렵습니다."

악존은 거만하게 뒷짐을 지더니 말했다.

"본좌만의 독문내공이지. 네놈처럼 당황하는 놈들을 잡아 족치는 게 본좌의 낙이니라. 그리고 지마가 아니라 극마, 천마가 아니라 초마이지. 네까짓 것이 감히 별호가 조금 비슷해졌다고 심검마선의 뜻을 무시하는 게냐?"

"······."

"본좌는 웬만하면 널 살려 두고 싶다. 교주가 총애하기도 하고 또 네 나름대로 본교에 충성하기 위해 이계에 왔지 않느냐? 하지만 말이다. 이 천살성의 살기란 것이, 그렇게 마음대로 되는 것이 아니야. 그저 선배로서 교육만 하고 싶어도 말이지, 그게 내 생각대로 되지 않는단 말이지. 그러고 보면 악누 숙부께서는 어떻게 그렇게 철저하게 이성적으로 하셨는지 모르겠어."

"······."

"아쉽지만, 죽어야겠다. 그래야 내가 분이 풀리겠어. 미안해."

악존은 오른손을 슬쩍 들어 운정의 얼굴 쪽을 향해 뻗었다. 그리고 강력한 장력을 모은 뒤, 그대로 장풍으로 쏘았다.

펑—!

"……"

"……"

악존은 고개를 갸웃하더니 다시금 장풍을 쏘았다.

펑—!

"……"

"……"

휘이잉.

장풍이 발사되는 큰 소리만 울리고, 그 외에 어떠한 일도 일어나지 않았다. 악존은 이상하다는 표정으로 자신의 손바닥을 내려다보았는데, 그 뒤로 점차 떠오르는 운정의 몸을 보며 눈살을 찌푸렸다.

"허공답보(許空踏步)? 아, 아니, 아니야. 그냥 몸이 부유하다니? 이건……"

"능공허도(凌空虛道)입니다."

오로지 마기와 살기만이 넘실거렸던 악존의 두 눈에 한 감정이 엿보였다. 그리고 즉시 마기와 살기보다 더한 비중을 차지하기에 이르렀다.

그것은 경악이었다.

"어, 어찌?"

악존은 자기도 모르게 뒷걸음질을 쳤다. 때문에 자연스레 운정의 손바닥에서 발을 떼게 되었는데, 그 덕에 운정의 몸은 공중에서 서서히 돌며, 유리 천장 위에 안착할 수 있었다.

그가 말했다.

"저 또한 호법원주처럼 갑작스레 경지를 올리는 내공을 익히고 있습니다. 아쉽지만 여기서 죽을 수는 없으니, 본신내공을 꺼내야겠지요. 악존께서 말씀하진 그 교육. 아무래도 제가 해드려야겠습니다."

"뭐, 뭐라? 아, 아무리 선천지기를 태운다 할지라도 단숨에 입신에 도달……."

운정은 그의 말을 잘랐다.

"앞으로는 아무런 잘못을 하지 않은 인간의 목숨을 그리 가벼이 여기지 마십시오."

운정은 살짝 부유한 그대로 살포시 손바닥을 펼쳤다.

그리고 그곳에서 태풍이 불어닥쳤다.

부웅—!

악존은 그 순간 뒤로 쭉 밀려났다. 그와 동시에 그가 밟고 있던 유리창이 깨어지고 또 그 조각들이 바람에 의해 날아가며 그의 옷을 찢고 피부를 베었다.

"으드득."

그렇게 피에 젖은 넝마가 되며 공중에서 몇 바퀴를 돌던 악존은 이를 악물더니 한 원형 철골에 겨우 발을 대고 섰다.

그는 잠깐 고개를 들고 앞에서 쏟아지는 태풍을 보았다. 그는 본능적으로 알았다. 그것은 그가 아무리 내력을 끌어 쓴다 할지라도 절대 뚫어 낼 수 없다는 것을. 자존심이 상하고 말고를 떠나서, 그건 강기를 넘어선 무언가 분명했다.

"기(氣), 강(罡), 그다음은 리(理)라 했었나?"

악존은 그것을 보며 천마신교 내부에 떠도는 낭설이 기억났다. 심검마선이 말하길 검기(劍氣)가 모이면 검강(劍罡)가 되는 것처럼 검강이 모이면 또 다른 무언가가 된다는데, 그것을 그가 검리(劍理)라고 칭했다는 것이다. 그래서 이론을 좋아하는 한 호법은 기가 모이면 강, 강이 모이면 리라고 해야 한다며 술자리에서 말하기도 했었다.

당시에는 무공을 입으로 하냐며 그를 조롱했었는데, 이제 보니 그 말이 맞는 듯하다.

리(理)가 아니면 저걸 뭐라고 부를 것인가?

악존은 다리를 크게 굴렀다. 그러자 그가 선 철골이 다시금 움푹 안으로 패어 들어갔다.

와장창!

주변 유리창이 박살이 났지만, 악존은 그에게 쏟아지던 태풍보다 아래에 위치할 수 있었다. 그는 단번에 보법을 펼쳐서 유리 천장 아래에서 움직이며 운정이 서 있는 곳을 올려다보았다.

역시 운정은 의회장 안의 사람들이 다칠까, 자신의 장력을 유리 천장 안으로는 내뿜지 못했다. 그저 천장 아래에서 이리저리 움직이는 악존을 지켜보고만 있었다.

악존은 한쪽 입꼬리를 올리더니 운정이 서 있던 곳에서 가장 가까운 철골에 손을 뻗었다.

와장창!

운정은 악존이 유리 천장 위로 튀어나오자, 그곳을 향해 다시금 손바닥을 펼쳤다. 폭풍과도 같은 기운이 다시금 쏟아지자, 악존은 다시 발을 굴려 유리 천장 아래로 움직였다. 그리고 철골을 이용해서 이곳저곳 유리 천장 아래를 오가면서 서서히 운정에게 가까이 다가갔다.

그 와중에 사방에서 유리가 깨어지며 유리 조각으로 된 비가 끊임없이 의회장에 내리기 시작했다.

"크흡—!"

그렇게 이리저리 기회를 노리던 악존은 실낱같은 가능성을 보았다.

지금 서 있는 철골에서부터 일직선으로 운정에게 날아간다면 폭풍을 뿜어내기 전에 도착한다!

확신이 드는 그 순간 그는 즉시 그것을 시행했고, 곧 그의 몸은 운정이 뿜어내는 폭풍을 비껴서 그의 앞에 도달할 수 있었다.

운정이 손바닥을 악존에게 향하는데, 악존은 이미 운정의 품 안에 있었다. 악존은 왼팔로 운정의 오른손을 획 잡아 어깨로 고정하고는 오른손을 그대로 펼쳐 운정의 얼굴을 향했다.

펑―!

큰 소리와 함께 아무런 일도 일어나지 않았다.

운정은 고요한 눈길로 당황한 그를 내려다보며 말했다.

"처음 발경에 성공한 것은 검객이었습니다. 검은 길고 얇다 보니 다른 것보다 쉽게 진공을 만들 수 있었기 때문입니다. 그 검객은 만고의 노력 끝에 그 진공을 내력으로 감싸 발사했고, 그것이 검기의 시초가 되었습니다."

악존은 미간을 찌푸리더니 다시금 장력을 발사했다.

펑―!

역시 마찬가지로 아무런 일도 일어나지 않았다.

운정이 말을 이었다.

"이를 본 장법사들은 크나큰 위기를 느꼈습니다. 안 그래도 검이 공격 범위가 넓은데 검객이 검기까지 부리면, 장으론 검을 절대로 이길 수 없기 때문입니다. 하지만 이에 고심하던 한 장법사가 깨달음을 얻었습니다. 장법을 공부할 때는 나무에서 흙으로, 흙에서 물로 연마하니, 이것을 넘어서 공기를 때리는 건 어떠할까 하는 의문을 품은 겁니다."

악존의 미간에 진 주름이 서서히 얼굴 전체로 퍼졌다.

펑―!

그는 다시금 장력을 쏟아 냈지만, 역시 그대로였다.

운정이 또다시 말을 이었다.

"이에 그 장법사는 내력으로 공기를 때릴 수 있게 되었고, 검기와는 다른 원리로 이루어진 그 발경법을 구분하기 위해 다른 단어를 씁니다. 그것이 바로 장의 발경, 장풍(掌風)입니다."

펑―!

펑―!

펑―!

연속 세 번을 또다시 시도한 악존은 더 이상 일그러질 수 없을 만큼 일그러진 표정으로 운정을 보며 말했다.

"그래서? 어디 더 지껄여 보거라."

운정이 설명했다.

"즉, 장풍은 바람의 영역에 있다는 겁니다. 바람을 다스리는 자 앞에서는 무용지물일 수밖에 없습니다."

"하! 크하하! 크하하! 바람을 다스려?"

운정은 왼손을 살짝 펴 악존의 앞에 두곤 나지막하게 말했다.

"보여 드리겠습니다."

부웅—!

악존은 갑자기 세상이 온통 둥그런 선으로 변했다고 생각했다. 하지만 오랜 경험을 통해서 그것이 세상이 변한 것이 아니라, 그가 공중에서 돌고 있는 것임을 바로 알아차릴 수 있었다.

악존은 이를 악물고는 눈앞에 쏜살같이 지나가는 철골 하나를 겨우 보았다. 그는 내력을 쏟아부어 손을 뻗었고, 그것을 붙잡았다.

탁.

그리고 순식간에 그 위에 빠르게 올라서는 것과 동시에 천마급 마기를 잔뜩 끌어올려 왼손으로 오른손 손목을 붙잡고 오른손을 활짝 펴며 큰 소리로 외쳤다.

"지(紙)! 사(瀉)! 장(拳)! 태(颱)!"

그는 한 글자, 한 글자 초식명을 꺼내며 온 정신을 집중하며 지사장태를 시전했다. 자연의 태풍 그 자체인 입신의 바람 앞에 그의 장력이 얼마나 저항할 수 있을지 모르겠지만, 그는 그가 가진 모든 것을 그의 두 손에 모조리 쏟아 냈다.

과연 이길 수 있을까?

아니, 비껴가게나 할 수 있을까?

악존은 눈을 크게 뜨고 지사장태가 태풍에 부딪치는 그곳을 바라보았다.

화륵.

"불꽃?"

악존은 눈을 부릅떴다. 두 바람이 섞이는 그곳에서 작은 불꽃이 순간적으로 타올랐기 때문이다.

찰나 후 그 불꽃은 거대한 불기둥이 되어 그를 향해 쏟아졌다.

"아, 아니?"

악존은 그 순간 자신이 지사권태로 사용하는 모든 마기를 오로지 몸을 보호하는 호신강기로 돌려야 한다는 걸 본능적으로 깨달았다.

만약 그렇게 하지 않으면, 한 줌의 재가 되리라.

곧 그의 손에서 장풍이 사라지고, 온몸에서 검은빛이 나기 시작했다.

찰나 후, 불은 그를 덮쳤다.

"크악, 크아악!"

호신강기를 펼쳤음에도, 느껴지는 온도는 천마급 마인의 입에서도 비명을 지르게 할 정도로 뜨거웠다.

호신강기는 말 그대로 전신에 두르는 강기. 때문에 같은 강기가 아니고서야 그 어떠한 것도 침범할 수 없다. 그런데 그의 몸에 쏟아지는 화염의 열기는 그의 호신강기를 뚫어 내고 그 열기를 전달하고 있었다.

화르륵!

그의 머리카락이 타올랐고, 피부는 검게 그을렸다. 옷자락의 끝은 재가 되었고, 몸에 털 하나 남지 않게 되었다.

휘이잉—!

불길이 하늘 높이 사라지며 다시금 자연적인 바람이 의회장 천장 위에 불어닥쳤다. 그곳엔 전신이 검게 그을린 사람 한 명만이 남아 있었다.

"신(神)… 염(炎)……."

쿵.

내력이 완전히 동난 악존이 눈을 감으며 앞으로 꼬꾸라졌다. 그의 몸이 부딪친 유리 칸에 금이 가기 시작하더니 곧 완전히 박살이 났다.

와장창!

유리 조각들과 함께 악존의 몸이 의회장 안으로 떨어지기 시작했다.

[Stay.]

스페라가 큰 소리로 마법을 시전하자, 막 안으로 떨어지던 유리 조각과 악존의 몸이 중간쯤에 멈춰 섰다.

그곳에는 수천, 수만 개의 유리 조각이 떠다니며 하나의 층을 이루고 있었다. 하늘에서 떨어지는 햇빛이 모든 유리 조각에 반사되면서 마치 보석처럼 빛났다.

처음에는 떨어지는 유리 조각에 몸이 다칠까 두려웠던 귀족들은 마치 신화에 나오는 두 신이 싸우는 듯한 광경을 보며 잔뜩 흥분했다가, 이젠 그 아름답기 그지없는 유리 조각들을 바라보며 큰 안도감에 사로잡혔다.

다들 한숨을 내쉬며 자리에 앉고는 지친 표정을 했다. 그러나 모두들 아름다운 천장에서 눈길을 떼지 못했다.

그때 운정이 서서히 하늘에서 내려왔다.

"······."

"······."

"······."

의회장의 모든 이들은 그 신성한 장면을 바라보며 호흡조차 제대로 할 수 없었다.

운정이 손가락을 들자, 그의 강림을 막던 유리 조각들이 옆으로 밀려나며 둥근 공간을 만들었고, 운정은 그곳을 통해 서서히 내려왔다. 사방에 반사되던 태양빛이 묘하게 그에게 스며들며, 지독히도 밝으면서 포근한 후광이 전신에서 흘렀다.

탁.

의회장 중앙에 강림한 운정은 맑은 웃음을 짓고는 귀족들을 돌아봤다.

"Is everyone alright?"

털썩.

운정과 눈을 마주친 몇몇 여귀족들은 그 자리에서 기절해 버렸다.

*　　　　*　　　　*

"우리가 보는지도 모르고 집중하는군."

"그러게 말입니다."

델라이와 머혼은 왕궁 대장간 한쪽에 서서 타노스와 운정 이 큰 테이블 앞에 이런저런 금속들을 놓고 테스트하는 걸 지 켜보고 있었다.

파인랜드에 존재하는 모든 금속들을 하나하나 면밀히 살피 는 그들의 모습은 진지하기 이를 데 없었다.

델라이가 좀 더 작은 목소리로 말했다.

"아 참, 첩자가 말하길 제국에서 크라울 후작이 마음을 정 했다는군. 아마 자네에게 은밀히 연락이 갈 걸세."

머혼은 델라이에게로 고개를 돌렸다. 델라이는 여전히 운 정과 타노스를 바라보고 있었다.

"그렇습니까? 언제쯤으로 생각한답니까?"

"그런 말까지는 첩보에 없었어. 그런 건 자네가 더 잘 알지 않는가?"

머혼은 다시 고개를 돌려 운정과 타노스를 보았다.

"크라울 후작은 신중하기 그지없습니다. 저녁 식사를 고민
하는 것도 아마 두세 시간은 걸릴 겁니다. 하지만 일단 결정
을 하고 나면, 즉시 실행에 옮기지요. 당장 내일이 될 수도 있
습니다."

"그래? 그렇다면 저들의 실험이 오늘 내로 끝났으면 좋겠는
데. 우리 입장에서도 도박 수 아닌가?"

"그래서 저리 철저하게 검증하는 것 아니겠습니까, 하하."

델라이는 고개를 한 번 끄덕인 뒤 말했다.

"그렇지. 이후 일은 잘하시게. 나는 이만 가 볼 테니."

"아, 들어가십니까? 테스트 결과를 같이 들으시지요."

델라이는 고개를 저었다.

"언제 끝날지도 모르니까. 아, 그리고 운정 도사에게는 꼭
내 말을 전해 주게. 모든 귀족들이 잔뜩 기대하고 있으니, 만
약 그가 나타나지 않는다면 다들 매우 실망할 거야. 자네의
영향력에 대해서도 말들이 나오겠지."

머혼의 표정이 살짝 어두워졌다.

"하아, 그는 제가 어떻게 할 수 있는 자가 아닙니다. 그가
싫다면 어쩔 수 없습니다."

"그래, 그래, 하지만 난 머혼 백작이 어쩔 수 없다고 말한

일들을 해내는 걸 너무 많이 봐서 말이야. 이번에도 잘 부탁하네. 그럼 난 가지."

델라이는 살짝 웃어 보이고는 왕궁 대장간을 나섰다.

머혼은 그의 뒷모습을 끝까지 지켜보다가 곧 운정과 타노스가 있는 곳으로 걸어갔다.

운정은 초록빛으로 빛나는 아밍소드를 양손으로 들고 눈을 감은 채 무언가에 집중하는 듯했다. 옆에 있던 타노스는 그의 앞에 있는 기구들을 찬찬히 바라보며 거기서 산출되는 값들을 종이에 적고 있었다. 그러다가 머혼의 인기척을 느끼고는 얼른 고개를 숙이며 말했다.

"아, 머혼 백작님, 안녕하십니까?"

"나 신경 쓰지 말고 계속하게. 타노스 자작, 얼마나 더 걸리겠는가?"

타노스는 긴장한 표정으로 말했다.

"그, 그 대체적인 결과들은 다 나왔습니다. 지금은 정밀검사라고 보시면 됩니다."

"그런가? 그래서 얼마나 더 걸리겠는가?"

타노스는 눈을 동그랗게 뜨더니 곧 말을 더듬었다.

"아, 예. 죄, 죄송합니다. 제가 남의 말은 잘 안 듣고 제 말만 하는 버릇이 있어서. 그러니까 아마 한 삼십 분? 그 정도만 지나면 다 파악할 수 있다고 생각합니다."

"그래? 다행히 생각보다 일찍 끝나겠어. 그럼 기다리지."

"예, 예. 서두르겠습니다."

"서두르지 말고 정확하게 하게."

"예, 예."

머혼은 연신 고개를 숙이는 타노스를 못마땅하다는 표정으로 보다가 곧 왕궁 대장간 한쪽에 앉아 그들의 실험을 구경했다.

운정과 타노스가 무언가 열심히 하는 광경을 보는데 세상이 점차 어두워졌다. 그리고 그들이 든 검 또한 서서히 검게 변하더니 시아스로 변했다. 시아스는 몸서리를 치면서 자신에게 뭐라 뭐라 소리쳤고, 갑자기 하늘로 승천하기 시작하더니 하늘에선 유리 조각으로 된 비가 쏟아지기 시작했다. 그 유리 조각 비를 내리는 구름 위에서는 아시리스가 아이시리스를 품에 앉은 채로 그를 내려다보며 비웃으니, 갑자기 어디선가 나타난 로스부룩이 마법을 부려 그 유리 조각들을 중간에 멈추고는 그를 보았다. 로스부룩은 천천히 머혼에게 다가오면서 자신의 연구 결과를 보여 주며 이 세상의 모든 물은 유리로 이루어져 있다는 쓸데없는 소리를 하다가 갑자기 놀란 눈으로 그를 보며 말했다.

"괜찮습니까, 머혼 백작님?"

머혼 백작은 눈을 떴다.

"으, 응?"

타노스와 운정은 그를 걱정하는 눈빛을 보고 있었다.

타노스가 말했다.

"괜찮으십니까? 악몽을 꾸시던 것 같은데?"

머혼은 눈을 몇 번이고 껌벅이다가, 눈앞이 흐린 것을 보고는 손을 들어 눈가를 훔쳤다. 그의 손에는 눈물이 묻어났고 이를 본 머혼은 당황한 표정을 지었다.

"어, 어. 괜찮아. 그, 그러니까. 크흠. 여기 대장간이지?"

"예, 예. 그 초합금속의 연구 결과를 알려 달라고 하시지 않으셨습니까?"

"아, 그랬지. 그래. 어떻게 되었는가?"

그때까지 말이 없던 운정이 머혼의 눈을 지그시 바라보다가 말했다.

"머리 아픕니까?"

"응?"

"머리가 아픕니까?"

머혼은 멍한 표정을 지었다가, 곧 자신의 뒷골이 미친 듯이 당기는 것을 느꼈다. 그리고 한번 느껴진 편두통은 그의 심장 박동에 맞춰서 불쾌한 고통을 선사했는데, 지금까지 그걸 자각하지 못했다는 게 믿을 수 없을 만큼 컸다.

머혼은 얼굴을 찡그리며 말했다.

"조금 당기는군."

운정은 살짝 손을 뻗어 머혼의 뒷머리에 댔다. 머혼은 중
원인들의 기술을 얼핏 알고 있었기에, 가만히 그가 하는 대로
두었다. 운정은 머혼의 목 주변에 있는 혈에 내력을 풀어서
막힌 혈도를 완전히 풀어 주고는 다시 내력을 가져갔다.

"괜찮을 겁니다."

타노스는 반쯤 기대한 표정으로 머혼을 보았는데, 머혼은
고개를 한번 끄덕이더니 말했다.

"상당히 좋군. 자, 그래, 그래서? 실험 결과는?"

타노스의 눈에서 갑자기 생기가 돌기 시작했다. 그는 큰 손
짓을 하며 그에게 말했다.

"직접 보시는 게 좋을 것 같습니다. 이쪽으로 오시지요."

타노스는 운정과 그가 실험했던 큰 테이블 앞으로 머혼을
안내했다.

큰 테이블에는 각양각색의 금속들과 그것으로 만들어진 무
구들이 있었다. 머혼은 몇 개는 알아볼 수 있었지만 대부분
은 그 이름조차 몰랐다.

"그래서? 어떻게 되었지?"

타노스는 운정을 한번 보더니 조금 신난 목소리로 빠르게
말했다.

"일단 중원의 기(Qi)는 분명 마나와 연관성이 있는 건 사실

입니다. 하지만 그것이 곧 내마성과 직결되지는 않습니다. 내마성이라는 것은 쉽게 말하면 물질이 가지고 있는 마법에 대한 저항력입니다. 하지만 기는 마법은 아니지요. 마법보다는 마나와 더 비슷하다고 볼 수 있습니다."

"흐음. 계속하게."

"운정 도사에게 중원의 철학을 들었는데, 그중 색불이공공불이색(SeBuYiKongKongBuYiSe) 색즉시공공즉시색(SeJiShiKongKongJiShiSe)란 말이 있습니다. 이는 저희가 말하는 엘리멘트(Element)와 비슷한 개념이면서 비슷하지 않은데, 아무튼 요지는 이 세상에 존재하는 것과 존재하지 않는 것의 차이가 크지 않다는 겁니다."

"뭐?"

"그, 그러니까 이 세상에 존재하는 물질의 99%는 빈 공간이라는 것이지요. 아무리 꽉 차 있어 보이는 것이라고 해도 말입니다."

"일단 알겠네. 그래서?"

타노스는 머혼의 눈치를 보더니 테이블에 있던 작은 철검 하나를 들었다.

"이 철을 보시면 속이 꽉 차 있는 것처럼 보입니다. 하지만 가장 미세한 영역을 들여다보면 이건 사실 99%는 비어 있는 겁니다. 그저 그 안에서 여러 힘들이 작용하는 것뿐이지요."

"그건 알았으니 넘어가게. 그래서?"

"그, 그런데 이제 무림인들이 말하는 내력(NeiLi)이라는 것은 그 빈 공간을 채우게 됩니다. 각 물질이 필연적으로 가질 수밖에 없는 빈 공간을 채워 버리니까, 애초에 차원이 다른 물질이 되는 것입니다. 그러니까, 질적으로 아예 상위에 존재하게 되는 것이죠. 속이 빈 것과 가득 찬 것 중 무엇이 강하겠습니까? 아무리 나무라고 해도 그 속이 물로 가득 찼다면, 속이 텅텅 빈 철을 이기지 못하겠습니까? 그렇게 보시면 됩니다."

"흐음."

머혼은 반박할 수 있는 예를 몇 가지 생각할 수 있었지만, 타노스의 반짝거리는 눈빛을 보니, 일단은 넘어가기로 했다.

타노스는 더욱 들뜬 목소리로 설명을 이어갔다.

"그리고 또 하나, 각 물질에는 기를 유지하는 유지력이란 고유 특성이 있는 것으로 보입니다. 내력을 받자마자 자연에 쏟아 내는 물질이 있는가 하면, 내력을 받으면 오랫동안 그대로 보존하는 물질이 있습니다. 마치 물에 젖어도 금방 마르는 게 있는가 하면 오랫동안 마르지 않는 것이 있는 것과 같습니다. 지금까지 실험 결과를 보면 이 유지력은 내마성과 반비례하며, 따라서 그것 때문에 내마성이 높은 물질에는 내력을 주입하기 어렵다고 보입니다."

"……."

"머혼 백작님?"

"응? 왜?"

"아, 그 저를 빤히 보시기에."

"아닐세. 마법사들은 다 자네처럼 설명하는 걸 좋아하는 것 같아서. 자네도 마법사였지?"

"금속에 관한 것만 전문적으로 익혔습니다만 뭐, 일단은 그렇습니다."

"그런가?"

"저, 그 설명을 계속해도 되겠습니까?"

머혼은 지금까지 그가 한 설명 태반을 알아듣지 못했다. 그리고 굳이 알아듣고 싶지도 않았다. 결국 그가 알고 싶은 것은 하나니까.

머혼은 귀찮다는 듯 말했다.

"그래서 내력을 사용할 수 있다는 가정하에, 각 초합금속 간의 상성은 어떻게 되는 것인가?"

"내마성을 지닌 초합금속은 애초에 논외가 됩니다. 따라서 아무리 강한 멜라시움도 내력이 주입된 다른 것을 이기지 못하지요. 그리고 내마성이 없지만, 다른 면에서 뛰어난 물질들이 내력을 주입할 경우 더욱더 강해지는 특성이 있습니다. 그래서 강도와 경도 등등을 따져 가장 강한 순을 내면… 이렇게 됩니다."

타노스는 테이블에 놓여 있는 초합금속들의 순서를 이리저리 바꾸었다. 머혼은 어차피 이름도 잘 모르는 다른 금속들에 대해서는 전혀 관심이 없었고 오로지 은색으로 빛나는 하나, 미스릴에만 시선을 두었다.

타노스가 손을 멈췄을 때, 미스릴은 가장 오른쪽에 위치했다.

"그럼 미스릴이 가장 강한 금속이 되는 건가?"

"예. 내력이 주입될 경우 그보다 더 강한 물질은 없습니다. 그뿐만 아니라 운정 도사께서 말씀하시기를 미스릴 재질의 검을 사용하면 내력의 효율이 철보다 열 배 이상은 좋아진다고 합니다. 사실 철보다 강도도 경도도 높기 때문에, 철보다 수십 배는 날카롭게 만들어도 형태를 잘 유지하기 때문에 그런 것일 수도 있습니다. 그게 미스릴 자체의 효율인지 아니면 날카로움에 있는 효율인지는 명확하게 확인된 바가 아닙니……"

머혼은 그의 말을 잘랐다.

"앞으로 내가 하는 말은 그 누구에게도 발설하지 말게."

"예?"

머혼은 당황한 타노스를 차가운 눈빛으로 바라보며 말했다.

"왕을 제외한 누구에게도 비밀을 지켜달란 말일세."

타노스는 초조한 기색으로 물었다.

"무, 무슨 말씀이시기에⋯⋯."

머혼은 오른손으로는 미스릴 검을 들고 내려다보며 말했다.

"자네의 연구 결과가 맞다면, 앞으로 중원의 무공이 파인랜드에 퍼질 경우. 미스릴의 가치가 올라갈 것은 자명하지. 아닌가? 그리고 내력을 불어넣을 수 없는 무겁기만 한 멜라시움은 가치가 떨어질 것이고."

"미, 미스릴의 가치는 올라갈 것이 확실합니다만, 멜라시움의 가치가 떨어질지는 모르겠습니다. 내력이 있고 무공이 있어도, 마법에 대해 무방비한 것은 그대로입니다."

머혼은 팔짱을 살짝 끼더니 말했다.

"그럼 혹 내마성이 강하지만 무게는 아주 적게 나가는 그런 건 없는 것인가?"

타노스는 테이블 위에 놓인 이런저런 것을 훑어보다가 곧 하나를 집어 들었다. 그것은 연한 노란 빛이 감돌고 있었다.

"나리튬(Naritium)입니다. 한때는 이것과 미스릴을 섞는다면 멜라시움을 뛰어넘는 금속을 만들 수 있을지 모른다고 알려져 있었습니다만, 아쉽게도 나리튬은 미스릴뿐만 아니라 어떤 금속과도 가까워지면 내마성이 급격히 낮아집니다. 그래서 합금은커녕 붙여서도 쓸 수 없습니다."

머혼은 그것을 알아보았다.

"아, 이거? 내 마차도 이게 있었지 아마?"

타노스가 고개를 끄덕이며 말했다.

"통상적으로 마법사들은 이 나리튬을 실처럼 얇게 뽑아 로브(Robe)에 엮어 두고, 마법 방어에 사용하지요. 또 마법 방패를 만드는 작업에서도 쓰입니다. 또 미스릴 갑옷을 입는 기사들은 갑옷 클록(Cloak)에 섞어 넣어 가지고 다니기도 합니다. 미스릴로 인해서 내마성이 약해지지만, 그래도 마법은 방어해야 하니까요."

"마법을 막는다 싶은 건 다 들어가는군."

"초합금속치고는 꽤 흔한 편인데 내마성 하나는 A급이라 그렇습니다."

머혼은 잠시 고민하다가 고개를 여러 차례 끄덕이며 말했다.

"일단 재질에선 모두 확인을 했으니, 실전에서도 봐야겠어. 들고 있는 종이와 펜을 줘 보게. 내가 적는 걸 모두 준비해서 연무장으로 같이 오고."

"아, 예."

머혼은 타노스가 건네준 종이 위에 몇 글자를 휘갈겨 쓰고는 그것을 테이블 위에 내려놓았다.

그리고 운정에게 말했다.

"아, 잠깐 저와 함께 가 줄 수 있습니까? 슬롯 경이 따로 보고 싶다고 해서 말입니다. 저도 따로 할 말이 있고."

운정이 고개를 살짝 끄덕였다.

머혼은 곧 그를 데리고 대장간을 나와 왕궁의 복도를 걸었다. 그러면서 그에게 조심스레 말했다.

"아쉽지만 오늘은 아무래도 저와 함께 황궁에서 머물러야 할 것 같습니다. 이번 의회로 인해서 많은 지방 귀족들이 황궁에 와서, 왕께서 성대한 파티(Party)를 베풀 예정입니다."

운정은 정중히 거절했다.

"밤에 약속이 있습니다."

머혼은 걸음을 멈췄다.

"약속이요?"

"예."

"……"

"왜 그러십니까?"

머혼은 머리를 살짝 긁적이더니, 어색한 미소를 지으며 말했다.

"그… 제가 알기로는 운정 도사께서 이곳에 온 지 겨우 만 하루가 지났고, 제가 지금까지 모신 걸로 봐서는… 운정 도사께서 약속을 하실 만한 상대가 누굴까 궁금하긴 합니다. 물론 제가 상관할 바는 아니지만, 혹 그 상대가… 혹시라도 크흠. 이런 말 하긴 그렇지만 제 여식은… 아니겠지요?"

"아, 아닙니다."

"아? 그렇습니까? 그럼 그 천마신교의 인물들인가 봅니다."

"아니요. 엘프입니다."

"아, 친우분 말입니까? 제가 스페라 백작에게 듣기로는 좀 먼 곳으로 떠나셨다고 하는데⋯⋯."

"다른 엘프입니다. 중원에서의 인연입니다."

"⋯⋯."

"백작님의 집 주변에서 만나기로 했습니다. 만약 제가 황궁에서 자야 한다면, 제가 알아서 다녀오겠습니다."

"아, 그게⋯⋯."

머혼은 계속 말을 더듬다가 곧 머리를 긁적이며 다시 걸음을 옮기기 시작했다. 운정은 그의 옆에서 걸으며 물었다.

"제가 엘프를 만나는 것이 곤란한 일입니까?"

머혼은 억지 미소를 짓더니 대답했다.

"그것도 곤란하기는 하지만, 크게 상관은 없습니다. 하지만 제가 진짜로 곤란해하는 건 운정 도사께서 그 파티에 참석하지 않겠다고 하신 겁니다."

운정은 그 파티라는 단어를 연회쯤으로 알고 있었다. 그렇기에 귀족들이 하는 연회에 그가 참석하지 않는 것이 머혼에게 왜 곤란한 일인지 이해하기 어려웠다.

"이해가 되지 않습니다."

머혼은 이제 머리를 넘어서 목까지 붉으면서 불편한 기색을 내비쳤다.

"그게, 물론 제가 운정 도사께 이래라저래라 절대로 할 수 없습니다. 당연한 겁니다. 하지만 파인랜드의 귀족들은 그리 고상한 자들이 아닙니다. 그들은 안건을 면밀히 검토하거나 심사숙고해서 의결하지 않습니다."

운정은 그가 정확히 무슨 말을 하고 싶은지 몰랐지만 일단 생각나는 바를 말했다.

"자신의 이득을 위해서 움직입니까?"

머혼은 쓴웃음을 짓고야 말했다.

"그랬으면 그나마 다행이지요. 원하는 게 간단한 거니."

"......"

머혼은 뒷짐을 지더니 한숨을 푹 쉬고 말했다.

"거의 대부분 다 그저 기분 내키는 대로 합니다. 아시다시피 델라이 왕국은 미티어 스트라이크 마법 보유국입니다. 그러다 보니 아무래도 안전하지요. 다들 배부르고 등 따뜻하고 뭐 그러다 보니, 돈도 돈이지만 그보다 그저 자기 자신을 세상에서 제일 중요하게 생각합니다. 자기 자존심이, 자기 평판이, 자기 위치가."

"......"

"의회장에서 그 놀라운 모습을 보이셔서 다들 운정 도사님을 뵙고 싶어 합니다. 그런데 만약 파티에 나오시지 않는다면 분명 자신들을 무시한다고 생각할 겁니다. 그리고 그 귀족들은 아주 사소하기 짝이 없는 그런 이유만으로 이 나라의 미래를 결정하는 안건의 의결을 망쳐 버릴 수 있지요."

"……"

"전날 파티에서 무슨 일이 벌어졌는가에 따라서 지지하는 의결이 시시각각으로 바뀌는 건 일도 아닙니다. 개인적인 감정들로 나랏일을 하는 자들이 수두룩하지요. 그래서 이번 외교가 성사되기 위해선 사실 다른 그 무엇보다도 운정 도사께서 파티에 참석하는 것이 중요합니다. 국익이 어찌 됐든 간에 지들 기분을 먼저 생각하니까요, 아하하."

"왕이 결정할 수 없습니까?"

"의회의 의견을 완전히 무시할 순 없습니다. 무시하고 강행한다면 큰 무리가 있을 겁니다."

운정은 고개를 슬쩍 돌려 머혼을 보았다.

머혼은 복잡한 표정을 지은 채로 땅을 바라보고만 있었다.

운정이 말했다.

"참석하겠습니다. 대신."

"대신?"

"약속도 지키고 싶습니다. 시간이 되면 파티에서 나가겠습니다."

그 말을 듣자 머혼의 얼굴이 더할 나위 없이 환해졌다. 그는 잠깐 멈춰 서서 그에게 말했다.

"참석만 해 주셔도 너무 고맙습니다."

그는 그렇게 말한 뒤 옆에 있던 문을 열고 안으로 들어갔다. 운정은 그제야 그들이 병동의 앞에 서 있다는 것을 깨달았다. 너무나 딱 맞아떨어지자 운정은 묘한 기분이 들었지만, 곧 병동 안으로 들어섰다.

안에는 배에 붕대를 감고 병상에 걸터앉은 채로 고통스러운 표정을 짓고 있는 남자가 있었다. 운정이 볼 때 그의 몸은 외공을 극한으로 익힌 고수의 그것과 같아서 내공이 없이는 그를 이길 자가 없을 것이라 생각했다.

그는 운정을 보자마자 굳은 표정을 짓더니 곧 손 하나를 들며 인사했다.

"안녕하십니까."

운정은 그의 앞에 서서 포권을 취했다.

"몸은 괜찮습니까?"

슬롯은 고통에 점철된 웃음을 지으며 말했다.

"손바닥으로 멜라시움 갑옷을 뚫고 피해를 주는 그 중원의 기술은 참으로 놀랍기 그지없습니다. 의사의 말을 들어 보니, 제 배 속 모든 장기에서 작은 내출혈이 있다고 하는군요. 회

복마법 덕분에 생명에 지장은 없지만, 한동안 검은 쥐지 못할
것이라 합니다."

운정은 잠시 그를 내려다보다가 말했다.

"도와주고 싶습니다. 중원의 것으로."

슬롯이 잠깐 머혼을 보자, 머혼이 말했다.

"무공은 무술에만 국한된 것이 아닙니다, 슬롯 경. 몸을 다
루는 기술이라 몸을 회복하고 치료하는 것도 내포하고 있습
니다. 한번 그에게 맡겨 보십시오. 마법으로 치료할 수 있는
건 다 치료했을 테니, 그쪽의 기술을 받아보는 것도 나쁘지 않
을 것입니다."

슬롯은 잠시 경계 어린 시선으로 운정을 보다가 곧 고개를
살짝 끄덕였다. 운정은 천천히 그에게 다가와 검지와 중지를
뻗고는 그의 배 쪽에 가져다 두고 눈을 감았다.

슬롯은 눈살을 찌푸리고 머혼을 올려다보았는데, 갑자기
배꼽 밑에서부터 편안한 열기가 느껴지더니 고통이 사악 가시
는 것을 느꼈다. 마법으로도 고치지 못한 부분이 나아지자 그
는 놀라움을 감출 수 없었다.

"운정 도사, 이, 이것도 정말로 무공에서 익힐 수 있는 겁니
까?"

운정은 숨을 고르더니 작게 미소 지었다.

"그렇습니다."

슬롯은 믿을 수 없다는 듯 자신의 몸을 내려다보며 중얼거렸다.

"이건… 마치 자연적으로 회복하는 걸 가속한 것 같습니다. 마법으로 이렇게 했다가는 엄청난 부작용이 있을 텐데, 혹시 중원의 기술에도 부작용이 있는 건 아닙니까?"

운정이 고개를 저었다.

"좋은 마나로 했습니다."

"좋은 마나?"

"좋은 마나와 나쁜 마나가 있습니다. 좋은 마나로 도와드렸습니다. 그래서 부작용은 없습니다."

"그, 그렇습니까?"

슬롯은 그렇게 몇 번이고 자신의 몸을 내려다보다가 곧 결심했는지 두 주먹을 불끈 쥐더니 그에게 말했다.

"한 가지 부탁이 있습니다."

그 말이 끝나기 무섭게 머혼이 먼저 말했다.

"아시스부터입니다. 그리고 로튼도 같이 배울 거 같긴 하고."

"……"

"슬롯 경도 무공을 배우고 싶다면, 제 저택에서 같이 배우시면 될 것입니다."

그 말을 들은 슬롯은 얼굴을 확 굳히더니 말했다.

"제, 제가 하려던 말은 뭐 무공을 가르쳐 달라는 말이 아닙니다, 백작님. 이상하게 오해하신 듯합니다."

머혼은 포근한 미소를 지으며 말했다.

"아, 그렇습니까? 제가 오해했나 봅니다. 하하, 하긴 델라이 왕국 최고의 기사이신 슬롯 경께서 무술을 더 익히실 필요는 없겠지요. 난생처음 보는 기술들이라 조금 방심하셨던 것뿐 아니셨습니까?"

"……."

슬롯은 입술을 굳게 다물면서 못마땅한 표정을 지었지만, 머혼의 말을 부정하지는 않았다.

머혼은 양손을 모아 비비면서 말했다.

"자, 그럼 이만 저희는 가보겠습니다. 슬롯 경께서는 편안히 회복하시지요."

머혼은 방긋 웃으며 운정에게 가자고 손짓했고, 운정은 슬롯을 보고 포권을 한 번 취해 보였다. 슬롯은 운정을 보지 않고는 건성으로 인사를 받고는 곧 자기 병상에 누워 버렸다.

머혼이 몇 번 더 손짓하며 재촉하자, 운정은 병동에서 나왔다. 그가 뒤를 보니, 막 머혼이 병동의 문을 조심스레 닫고 있었다.

"그가 무공을 익히는 것이 싫습니까?"

머혼은 고개를 돌리며 두 눈썹을 위로 올렸다.

"누가요? 제가요? 아, 싫다니요. 제가 상관할 일이 아니지 않습니까?"

운정은 고요한 눈길로 머혼을 향한 채로 움직이지 않았고, 머혼의 밝은 미소는 점차 어색하게 변해갔다.

운정이 말했다.

"제가 이곳에 문파를 만들지 모릅니다. 만약 만든다고 한다면, 학생은 제가 뽑습니다. 그건 제가 결정할 것입니다."

머혼은 손을 비비면서 고개를 연신 끄덕였다.

"아, 그럼요. 당연한 말씀을."

"……."

그는 오른손을 앞으로 뻗으며 말했다.

"자, 그럼 연무장으로 가보겠습니까? 실전에서도 초합금속을 테스트해 봐야 하지 않겠습니까?"

운정은 그를 계속해서 빤히 보다가 말했다.

"슬롯 경이 아픕니다. 그리고 호법원주도 아픕니다. 같은 곳에 있다고 생각했습니다. 그런데 없었습니다."

머혼은 잘 모르겠다는 듯 미간을 모았다가 곧 생각났는지 박수를 한 번 쳤다.

"호, 호법워… 아. 아 그, 그 사람 말입니까? 손바닥으로 슬롯 경을 공격한 사람?"

"그를 만나고 싶습니다. 만나리라고 생각했습니다. 그런데 여기 없습니다."

머혼은 팔짱을 끼더니 말했다.

"아마 감옥에 구금되어 있을 겁니다. 그를 가두기 위해서
는 마법적 도움이 없으면 안 될 테니 아마 보통 감옥은 아니
고, 마법 감옥이겠지요. 그리고 그쪽은 스페라 백작의 관할이
기도 하니, 그녀에게 부탁하면 쉽게 들여보내 줄 겁니다. 어떻
게, 그녀에게 한번 부탁하러 같이 가 볼까요?"

운정은 고개를 끄덕이며 말했다.

"그를 잠깐 보겠습니다. 테스트는 조금만 미뤄 주십시오."

"아, 괜찮습니다. 제가 다 부탁드려서 하는 건데 말입니다."

"그렇다면 마나스톤도 부탁드립니다. 의회장에서 마나를 너
무 사용했습니다."

그 말을 듣자 머혼은 다시금 머리를 긁적거리기 시작했다.

第四十四章

마법 감옥의 입구는 거대한 철창으로, 그 안쪽으로는 지름 20m 정도 크기의 원형 바닥이 보였다. 그리고 한쪽으로는 지하로 내려가는 계단이 엿보였는데, 마치 제갈극의 실험실을 보는 느낌이었다.

머혼과 함께, 철창 앞에 서서 스페라를 기다리던 운정은 마법 감옥 안쪽에 기가 전혀 없다는 사실에 흥미를 느끼고 있었다. 파인랜드에는 대자연의 기가 고갈된 것이 사실이지만 그것이 전혀 없지는 않았다. 하지만 마법 감옥 안은 무(無) 그 자체였다.

운정이 그 사실에 정신이 팔린 사이 머혼은 한 손에 지팡이를 들고 천천히 걸어오는 뜻밖의 인물에 눈을 몇 번이고 비볐다.

"너? 여기 왜 있냐?"

"안녕하세요, 아버님. 그리고 운정 도사님?"

그 목소리에 운정이 뒤돌아보자, 아이시리스는 한 번 방긋 웃어 보이며 그에게 인사했다.

머혼은 태연한 그녀의 표정을 보며 기가 찬 듯 다시 물었다.

"야. 왜 있냐고?"

아이시리스는 철창 문으로 걸어가며 말했다.

"스페라 백작님이 연구 도와달래서 잠깐 시간 냈어요. 지금 중요한 연구 중이시거든요. 그런데 아버지 부탁도 무시할 수는 없어서 제가 왔죠."

"아니, 애초에 왜 왕궁에 있는 거야? 그 지팡이는 뭐고?"

아이시리스는 지팡이의 끝으로 철창을 툭 하고 쳤다. 그러자 갑자기 철창의 중앙에서 보통 크기의 문 정도 되는 직사각형이 그려지더니, 곧 쑥 하고 바닥으로 꺼졌다.

그녀는 그 안으로 들어가며 말했다.

"제한 시간 15분. 서둘러야 할걸요?"

아이시리스가 손짓하자, 운정은 일단 안으로 들어갔다. 머혼은 허리에 손을 올리고 아이시리스를 노려보다가 곧 어쩔 수 없다는 듯 그 입구를 통해서 안으로 들어가려고 했다.

하지만 그가 들어가려는 그 순간 땅으로 들어갔던 철창의 일부분이 다시 올라왔다.

쿵!

벌렁 뒤로 넘어진 머혼은 신음을 내며 말했다.

"야! 야! 뭐야?"

아이시리스는 입을 막고 꺄르르 웃더니 말했다.

"스페라 백작이 아버지는 안 된대요. 그럼 있다가 봐요. 바이 바이."

아이시리스는 그렇게 말한 후 어둑어둑한 계단으로 먼저 내려가 버렸다.

철창을 사이에 두고 운정은 머혼을 보다가 나지막하게 말했다.

"15분입니다. 빠르게 오겠습니다."

"자, 잠깐. 우, 운정 도사?"

운정은 애처로운 그 말을 애써 무시하곤 아이시리스가 내려간 그 어두컴컴한 계단으로 내려갔다.

마법 감옥 안의 계단은 시계 방향을 따라 아래로 쭉 이어졌고, 그 중간중간에는 건물의 층을 나누듯이 원형 바닥이 등장했다. 그리고 그 원형 바닥의 중간에는 마치 새장과도 같은 감옥이 있었는데, 뭔지 모를 생명체들이 그 안에 갇혀 있었다.

운정은 천천히 계단을 내려가며 아이시리스에게 물었다.

"아버지께서는 당신이 스페라의 제자인 것을 모릅니까?"

아이시리스는 어깨를 들썩이며 대답했다.

"전 딱히 숨긴 적 없어요. 아버지가 자기 딸한테 워낙 관심이 없으니 모르셨나 보지."

"⋯⋯."

"그게 괘씸해서 물어봐도 안 알려 줄 거예요. 운정 사제(Shidi)도 알려 주지 마요."

사제라는 그 말에 운정은 그녀가 자신의 사저인 것을 다시금 깨달았다.

운정이 말했다.

"알겠습니다, 아이시리스 사저(ShiJie)."

아이시리스는 순간 발걸음을 멈췄다. 그리고 운정을 돌아봤다가, 곧 다시 걸음을 걷기 시작했다.

"그래서. 운정 사제(Shidi)는 제 편이 되어 주시겠어요?"

그 질문에 대답하려던 운정은 순간 그의 눈길을 빼앗는 것 때문에 말을 하지 못했다.

세 번째 층계에 갇혀 있는 악존은 불타는 듯한 두 눈으로 계단에서 내려오는 그 둘을 바라보고 있었다. 눈빛만 보면 당장에라도 살인할 것 같았지만, 당연히 느껴져야 할 살기가 느껴지지 않았다. 그뿐만 아니라 그의 몸에서 항상 은은하게 풍기던 마기조차 없었다.

운정은 앞서 내려가는 아이시리스에게 물었다.

"기가 전혀 느껴지지 않습니다. 무슨 마법입니까?"

아이시리스는 볼을 부풀리며 운정을 노려보았지만, 악존을 향한 그의 굳은 표정을 보고는 일단 그의 질문에 대답했다.

"노마나존(No Mana Zone)이에요."

운정은 악존 주변을 이리저리 관찰하더니 말했다.

"노매직존(No Magic Zone)보다 상위의 것입니까?"

아이시리스는 고개를 끄덕였다.

"수배는 더 어렵죠. 이 안에선 아예 마나를 이끌어 낼 수 없으니까. 그래서, 제 질문에는 대답해 주셔야지요? 제 편이 되어 주실……."

아쉽게도, 이번에도 그녀의 질문은 허공에 맴돌았다.

"我看到異界的毛丫頭叫你師弟, 你不僅背叛了本校, 還背叛了中原!"

"그 이계의 계집애가 널 사제라 부르는 것을 보니, 네놈은 단순히 본 교만 아니라 중원 전체를 배신했구나."

악존의 말투 자체는 역시나 천살성의 그것이었다. 그러나 당연히 따라와야 할 살기와 마기가 없으니, 그저 무공을 익히지 않은 자가 위협적으로 말하는 것처럼 들릴 뿐이었다.

운정은 그의 앞까지 걸어가서 말했다.

"몸은 괜찮으십니……."

"내 몸 걱정 때문에 여기 온 건 아닐 테니, 꺼져라. 배반자에게 할 말은 없다."

운정은 차분히 팔짱을 끼며 말했다.

"제가 왜 배반자입니까?"

악존은 으르렁거리듯 추궁했다.

"그럼 내 공격을 왜 막아섰고, 그 이계인을 왜 비호했지?"

"슬롯 경이 죽었다면, 천마신교와 델라이 왕국 간의 외교는 앞으로 절대로 성사될 수 없었을 겁니다. 사무조 장로께서도 이 점을 아셨습니다."

"홍! 그렇다면 전쟁으로 넘어가는 것뿐이지. 본 교가 무엇이 무서워서 그놈들의 말에 고분고분 따라야 한단 말이냐? 애초에 그놈들은 본 교와 거래할 생각이 없었어. 처음 이곳에 왔을 때부터 악의 외에 보인 것이 없다."

"제가 말씀드렸지 않습니까? 저를 통해서 거래를 하려 한다고. 제가 한 말을 믿지 못하시는 겁니까? 제가 델라이를 위해서 천마신교에게 불리한 거래를 하려고 한다 믿는 겁니까?"

"아니냐?"

"아닙니다."

악존은 운정의 눈빛과 표정 그리고 말투까지 모조리 훑어보았다.

그리고 그곳에 거짓은 없었다.

그는 얼굴을 잔뜩 찡그리며 운정을 보던 눈을 옆으로 돌려 아이시리스를 보았다.

"그럼 저년은 뭐냐? 왜 저년이 네게 사제라 부르지? 혹시나 하였지만, 과연 이계의 마법을 배운 것이로구나."

"제가 마법을 배운 사실은 이미 천마신교에서도 아는 사실입니다. 이를 가지고 절 배신자라 추궁하실 수는 없습니다."

"……."

운정은 말 없는 악존을 보다가 말했다.

"악존 원주님께서 왜 그런 일을 벌이신지 알 듯합니다. 강한 힘을 보여 주고 그들과의 외교에서 우위를 점하려 하신 것이겠지요. 하지만 그런 식의 방식은 이곳에서 통하지 않습니다. 이곳은 흑도의 방식보단 백도의 방식이 더욱 통용되는 세상입니다."

악존은 살짝 비웃더니 말했다.

"내가 그런 생각을 가지고 그 이계인을 죽이려 했다고 생각하느냐?"

"아닙니까?"

악존은 허리를 젖히며 광소했다. 마법 감옥이 떠나가라 그가 웃자, 그의 웃음소리에 반응한 다른 수감자들도 각자의 소리를 냈다. 그중에는 퍼슨(Person)이 아닌 것도 많아서, 세상에 다시없을 듯한 괴기한 소리가 마법 감옥 전체를 울렸다.

그렇게 마음껏 웃은 악존의 웃음소리가 멈췄다. 그러자 다른 소리들도 하나둘씩 자취를 감췄다.

"난 그저 그 유치하기 짝이 없는 황궁의 놀음이 싫었을 뿐이다. 인형들을 세워 놓고 거기다가 검기를 쏴? 하! 중원의 무공은 그딴 식으로 보여 줄 수 있는 것이 아니지. 그래서 제대로 보여 주려 한 것뿐이다."

"……."

"감히 나의 행동을 이해하려 하지 마라, 도사. 너희 도사들은 죽었다 깨어나도 모를 테니까."

운정은 아이시리스를 보았다. 그녀의 얼굴은 조금 핼쑥해져 있었고, 눈빛에도 작은 공포감이 떠올라 있었다. 분명 악존에게 두려움을 느끼고 있는 것이다.

운정이 말했다.

"How long do I have?"

아이시리스는 떨리는 목소리로 말했다.

"Maybe about ten minutes or so."

운정은 고개를 한번 끄덕이며 편안한 미소를 지어 보였다. 그러자 아이시리스는 한시름을 놓았는지 안도한 표정을 지었다.

운정은 곧바로 고개를 돌려 악존을 보았다.

"그 일 이후, 사무조 장로와 델라이 왕 간의 논의가 있었습니다. 오로지 저를 통해서 거래하겠다는 조건과 더불어서 중원에 돌아갈 때까지 당신을 이곳에 구금하겠다는 것까지. 사무조 장로님은 동의하셨습니다."

악존은 그 말을 듣고는 코웃음을 쳤다.

"그자도 사실 대장로급은 아니야. 머리 굴려 가며 적당히 살아남을 줄만 알지. 심검마선께서 이곳에 왔다면 모든 것이 달랐을 것이다. 지금 이 모든 것은 웃기는 짓거리에 불과하지."

운정은 조용히 대꾸했다.

"누구의 피도 최대한 흘리지 않기 위함입니다."

"그게 천마신교의 방식인가? 천살가까지 갈 것도 없어. 그건 본 교의 방식이 아니야. 본 교는 약육강식, 강자지존의 율법을 가졌다. 그것으로 지금까지 백도를 대했고, 중원을 대했고, 황궁을 대했다. 이계라 해서 달라질 이유가 없다 이 말이다."

운정은 가만히 악존을 보다가 말했다.

"그 와중에 죄 없이 피를 흘리는 사람들이 나오면 어떻게 합니까? 그들은 왜 죽어야 합니까?"

"약하면 죽어도 할 말이 없지."

"그렇지 않습니다. 모든 생명에는 마땅한 가치가 있습니다."

악존은 팔짱을 끼더니 비릿한 웃음을 짓고는 운정에게 말했다.

"도사, 도사답게 한번 내 질문에 대답해 봐. 사람이 죽는 이유가 죄를 지었기 때문인가? 질병을 얻어 죽는 사람은? 홍수에, 가뭄에, 지진에, 태풍에 죽는 사람들은? 그들은 왜 죽었는가? 왜 하늘은 죄 없는 자들을 죽이면서, 왜 인간은 죄 없는 자를 죽이지 말아야 하는가?"

"자연의 섭리와 인위적인 행동은 다릅니다. 하늘의 일은 하늘이 책임을 질 터이고, 사람의 일은 사람이 책임을 질 것입니다."

"그 자연의 섭리야말로 약육강식(弱肉强食)이 아닌가? 인간이 그것을 따르겠다는 것이 잘못된 것인가?"

"그렇다면 인간은 짐승밖에 되지 않습니다."

"인간은 짐승이다."

"……"

"그걸 왜 모르는가, 운정 도사?"

마법 감옥에는 침묵이 맴돌았다.

그 침묵은 운정의 마음을 무섭게 짓눌렀지만, 그는 애써 그 기분을 떨쳐 내곤 물었다.

"그렇다면 양심은 어디서 비롯되었습니까? 인성이란 것은 어디서 비롯된 겁니까?"

악존은 자신의 머리를 툭툭 치며 말했다.

"고장(故障)이다. 오류(誤謬)다. 가식(假飾)이다. 질병(疾病)이다. 실착(失錯)이다. 장애(障礙)다. 과류(過謬)다. 양심(良心)은 그저 약자가 강자를 향해 품은 독기의 결정체일 뿐이다. 강자에게 대항할 수단이 세상에 존재치 않기에 그 마음에 창조한 거짓부렁이다. 현실에 우위를 점하지 못하니, 머릿속에서나마 앞서 나가겠다 몸부림치는 것이다."

"……"

"양심의 근원은 현실을 이상으로 만들지 못해, 이상을 현실로 끌어내리는 자기기만이다. 양심의 본질은 약(弱)을 선(善)으로, 강(强)을 악(惡)으로 둔갑시키는 자기만족이다. 양심의 목적은 스스로를 선하게 하는 것이 아니라, 타인을 악으로 몰아가는 자기 위로다. 때문에 양심은 악하다, 도사."

운정은 선포하는 듯한 악존의 말에 가만히 생각하다 말했다.

"그렇다면 백도에서 협을 좇는 이유는 뭐라 생각하십니까?"

"위선자들이 위선을 하는 데 무슨 이유가 있지? 위선을 하니 위선인 것이지."

운정은 나지막하게 물었다.

"방금 당신은 인간이 선하려 하는 이유는 약하기 때문이라 했습니다. 강자를 향해서 대항하기 위해서 자신들이 선하다 자위(自慰)하는 것이라 했습니다. 그렇다면 이미 강한 자들이… 이미 강자의 입장을 취하는 자들이 왜 선을 좇으려 합니까?"

악존은 입을 몇 번이고 벌렸다가 다물었다.

그러곤 운정처럼 조금 생각한 뒤 말했다.

"잘못된 옛 버릇을 고치지 못한 것이지. 약할 때 선을 좇던 그 버릇이 그대로 남아 있는 것뿐이다. 또한 강자라 해도 절대적일 수 없다. 이 세상의 모든 것이 상대적인 이상 약자들의 눈치를 보지 않을 수 없다. 때문에 스스로의 강함을 유지하기 위해서라도 약자들이 자신의 강함을 수긍할 수 있게 만드는 것이다."

운정은 깊게 숨을 들이마시다가 말했다.

"당신에게 있어 무(武)과 협(俠)은 공존할 수 없는 것이로군요."

"공존한다면 그것이 곧 모순이다."

"그것이 흑도(黑道)의 본질이군요."

"백도(白道)란 존재하지 않는 것이다, 도사. 세상엔 그저 악과 위선뿐이지."

운정은 아무런 말도 할 수 없었다.

자신이 같은 말을 한 것이 기억났기 때문이다.

그렇게 그는 아이시리스가 그의 팔을 잡을 때까지 깊은 고민 속에서 나오질 못했다.

*   *   *

"좋아. 그럼 최종 결과는 어떤가?"

"어떤 상황에서도 무기만큼은 미스릴 재질이 가장 뛰어난 위력을 보입니다. 그리고 아머에 관해서는 두 가지로, 첫째로는 중원인처럼 아예 갑옷을 입지 않은 채로 싸우는 것, 그리고 둘째로는 같은 미스릴 재질의 경갑옷을 입는 것입니다. 전자는 나리튬을 새겨 넣은 천을 쓸 수 있으니 마법 방어에도 효과를 볼 수 있지만, 단 한 번의 공격이라도 허용하면 치명상으로 이어질 것입니다. 그에 반해 후자는 마법 방어를 클록을 통해 부분적으로 할 수밖에 없지만, 미스릴 갑옷에 마나를 불어넣는 기술을 완성하면 몇 번이고 방어가 가능합니다."

타노스의 설명을 듣던 머혼은 문득 한쪽에 가만히 서서 하늘을 올려다보고 있는 운정을 보았다. 타노스는 좀 더 심도 깊은 테스트 결과를 말하기 시작했는데, 전문적인 용어가 튀어나오기 시작하자 머혼은 손짓하며 그의 말을 막았다.

"그래서 최종 결과, 미스릴이 중요하다는 건 변함없는 거지?"

머혼의 말에 타노스는 고개를 연신 끄덕였다.

"더 확실해졌습니다. 내력이 있을 경우 모든 초합금속 중 미스릴은 절대적인 수준입니다. 그 외에 다른 초합금속이 의미를 잃어버릴 정도이지요. 다만 한 가지 짚고 넘어갈 점은, 무게가 너무 가벼워서 내력을 넣어 무겁게 한다 해도 큰 충격을 주긴 어려워 보인다는 것입니다."

"흐음. 어차피 검은 자르는 데 쓰는 거니까 상관없지. 어쨌든 멜라시움은 정말 쓰레기가 되는 건가?"

"쓰, 쓰레기라고 하긴 그렇지만 가치가 확실히 떨어질 겁니다."

"좋아. 그거면 됐다네. 혹 타노스 자작은 파티에 참석하나?"

"예? 무, 무슨 파티를 말씀하시는지?"

머혼은 희미한 미소를 짓고는 고개를 흔들었다.

"아닐세. 이만 가보게. 밤이 되었는데 나 때문에 계속 황궁에서 일하니 너무 수고하셨어."

타노스는 고개를 끄덕이다가, 무슨 생각이 났는지 빠르게 말했다.

"아 참, 운정 도사님의 검이 망가지지 않았습니까? 그래서 혹시나 그 검과 같은 사이즈로 새로운 검을 만들어 드리면 어떨까 합니다. 검사이시니, 아직 왕께서 정하신 선물이 없다면 그만한 선물도 없으리라 생각합니다."

머혼은 턱을 한 번 쓸며 운정을 돌아보았다. 운정은 한 손에 마나스톤을 쥐고 하늘로 고개를 든 채 눈을 감고 있었다.

머혼이 대답했다.

"하기야, 아직 이렇다 할 선물도 준비하지 못했지. 그가 사용할 수 있도록 내력을 넣을 수 있는 선에서 가장 강하고 가장 날카롭게 부탁하네."

타노스는 환한 표정을 하며 고개를 끄덕였다.

"네! 미스릴 재질이니 한두 시간이면 됩니다!"

곧 그는 인사하고는 연무장에서 사라졌다.

머혼은 미간을 한번 툭툭 쳤다. 그러면서 뒷골에서 몰려오는 피곤이 사라지는 상상을 하면서 심호흡을 했다. 그러곤 다시 이런저런 표정을 짓더니, 웃음을 몇 번 연습하고는 운정을 향해 걸어갔다.

"운정 도사님, 마나는 잘 회복하고 계십니까?"

운정은 눈을 뜨고 고개를 돌려 머혼을 보았다. 그의 오른손에는 파란빛으로 빛나는 마나스톤이 쥐어져 있었는데, 이미 그 빛이 매우 희미해서 사실 빛이 난다고 하기에도 뭐한 수준이었다.

운정이 말했다.

"사실 부족합니다. 마나스톤이 귀하다고 들었습니다. 미안합니다."

머혼은 다시금 포근한 미소를 지으며 양손을 뻗어 흔들었다.

"아, 아닙니다. 그, 마나야 중원에서 채워 오면 되는 것 아니겠습니까? 이번 안건에 힘을 실어 주신다면, 더욱더 많은 마나스톤을 드리도록 하겠습니다."

운정은 고개를 살짝 끄덕였지만, 그 표정이 조금 좋질 못했다. 머혼은 눈초리를 모으며 그의 눈치를 살피다가, 그가 자신을 바라보자 바로 다시 웃는 표정으로 되돌아갔다.

"파티는 언제입니까?"

머혼이 대답했다.

"이미 한 시간도 전에 시작했습니다. 하지만 다들 늦는 게 기본이지요. 직위가 높으면 높을수록 말입니다. 저와 운정 도사는 슬슬 들어가 보면 적당할 겁니다. 너무 일찍 들어가도, 괜히 어려워하니 마음 쓰지 마십시오."

"말씀드린 것처럼 약속한 시간에는 파티장에서 나오겠습니다."

"당연히 그러셔야죠. 저 또한 같이 동행할 것입니다. 자, 우선 파티 의상으로 갈아입도록 하지요. 여봐라."

머혼이 말하자, 한쪽에서 네 명의 하녀들이 나왔다. 운정은 그 하녀들이 황궁에 소속된 하녀가 아니라 머혼의 저택에 있었던 하녀들인 것을 알 수 있었다.

그들은 그렇게 연무장에서 떠나 머혼의 집무실로 들어갔다. 그의 집무실은 수많은 골동품으로 치장되어 옛 느낌이 물씬 풍겼다. 하지만 운정은 그것들을 감상할 시간도 없이, 하녀들의 손에 의해서 파인랜드의 귀족으로 변해 갔다.

전쟁과도 같은 시간이 흐르고, 머혼의 집무실 문이 열리자 그 안에서 두 남자가 걸어 나왔다.

"……."

아시스는 아무런 말도 못 하고 가만히 있었다.

머혼은 눈을 반쯤 뜨고는 그대로 굳어 있는 아시스의 옆으로 다가가서 그녀의 옆구리를 찔렀다. 그러나 몇 번이고 찔러봐도, 아시스는 아무런 반응조차 보이지 않았다.

"야. 웬일이냐? 네가 드레스를 다 입고? 어? 이야. 진짜 이렇게 보니까 네 어머니 젊을 적하고 똑같다 야. 응? 근데 왜 그렇게 멍청하게 있어?"

아시스는 자신의 옆구리를 찌르며 툭툭 내뱉듯 말하는 자신의 아버지를 전혀 인지하지 못했다. 그녀의 두 눈은 완전히 풀린 채로 운정만을 향해 있었다.

운정은 자신을 바라보는 아시스에게 다가가서 말했다.

"당신도 옷도 너무 아름답습니다."

그의 말이 떨어지기 무섭게, 조각같이 완전히 굳어 있던 표정이 순식간에 생기로 가득 차올랐다. 마치 그 순간 생명이 생긴 듯했다.

아시스가 몸을 획 하고 돌려 운정에게 등을 보이곤 말했다.

"다, 당신도요."

운정은 머혼을 보았고, 머혼은 어깨를 들썩였다. 그는 다시 아시스의 옆으로 고개를 내밀며 말했다.

"야, 전혀 흥미 없다는 파티에 무슨 일이야?"

아시스는 말을 더듬었다.

"새, 생각해 보니 아빠가 실권을 가진 귀족들과 관계를 돈 독히 하시느라 운정 도사님을 제대로 데뷔시키실 수 없을 것 같아서. 그, 그래도 내가 옆에 있으면 다른 귀족들과 좀 더 유연하게 대화도 나눌 수 있지 않겠어?"

"네가? 참 나. 평소에 그렇게 사교계에서 관계 좀 쌓아 놓으라고 아무리 말해도 씨알도 듣지 않던 네가 무슨 대화를 유연하게 이끌겠냐?"

아시스는 당당한 말투로 대답했다.

"아빠는 잘 모르시겠지만, 그래서 더 사람들이 내게 끌려. 너무 자주 얼굴을 내비쳐도 좋지 않아."

머혼은 툴툴거렸다.

"신비감 같은 거야 잠깐이야. 실무적인 데는 아무런 도움도 안 된다고. 그러기에 내가 진작 드레스 좀 입고 얼굴 좀 비치라고 했지 않냐? 응? 네 언니가 사교계에서 그리 힘을 못 쓰니 너라도 해야지. 딸이라는 것들이 도움이 전혀 안 돼."

아시스는 입술을 한 번 문 뒤, 말했다.

"아무리 아버지시지만 이 이상 더 늦으면 안 될걸? 훈계는 나중에 하시고 일단 가기나 하죠."

아시스는 그렇게 말한 뒤에, 오른손을 살짝 내밀고 손목을 앞으로 꺾었다. 머혼은 코웃음을 치더니 자연스럽게 그 손을 잡아다가 자신의 왼손에 두려 했는데, 그 즉시 아시스가 그의 팔을 툭 치면서 혐오스럽다는 표정을 지었다.

"갑자기 뭐야?"

"어? 왜?"

"아빠가 왜 내 파트너야? 내가 아직도 소녀로 보여? 내 파트너는 크흠, 운정 도사님이신데."

"뭐?"

"아버지는 앞장이나 서요. 얼른."

머혼은 머쓱해진 표정으로 앞으로 한 발짝 걸어갔다. 아시스는 운정을 뒤돌아보며 행복이 뚝뚝 떨어지는 듯한 표정을 지어 보였는데, 방금 전까지만 해도 자신을 혐오스럽게 보던 아시스의 표정이 그토록 급변하는 것을 보며 머혼은 말을 잇지 못했다.

딸도 여자는 여자다.

운정이 멀뚱멀뚱 서 있자, 아시스는 급기야 자신이 그의 왼쪽 편으로 걸어가서, 운정의 오른손을 직접 집어서 그의 허리에 두게 만들고는, 그 안에 자신의 왼손을 살포시 얹었다.

그러곤 운정을 위로 올려다보곤 자신의 가슴을 은근히 운정의 팔 쪽에 기대며 말했다.

"이렇게 걸으시면 돼요, 운정 도사님."

운정은 점차 가쁘게 변하는 심장박동을 느꼈다. 느리지만 그 속도가 확실히 빨라져 대량의 혈류가 전신으로 빠르게 퍼져 나갔다. 그리고 그와 함께 은은한 긴장감이 마음속 깊은 곳에서부터 올라오기 시작했다.

하지만 그의 정신은 평온하기 이를 데 없었다. 신체적인 변화를 멀찍이 떨어진 곳에서 관망하듯 했다. 조금씩 찾아오는 고양된 기분에 취하지도, 그것을 애써 억누르지도 않았다. 그저 그 위에서 편안한 미소를 지으며 아시스를 보았다.

"알겠습니다."

가볍게 휘어지는 운정의 두 눈을 아시스는 결국 더 이상 마주 볼 수 없었다.

머혼은 그 모든 과정을 찬찬히 지켜보다가 이내 몸을 돌려 앞장서기 시작했다. 그의 얼굴에는 꽤나 음흉한 미소가 걸려 있었다.

그들은 곧 파티장에 도착했다.

왕궁의 파티장은 항상 왕궁 뒤에 마련된 별궁에서 이뤄지는데, 그곳만큼은 호화와 사치로 말하자면 제국의 황궁보다 더한 수준이었다. 넓은 크기에 동굴과도 같은 그곳은 기둥이 전혀 없는 원형의 건물로, 뻥 뚫려 있는 일 층과 벽면을 타고 빙 둘러서 있는 이 층으로 된 간단한 구조였다.

한창 파티가 진행되고 있는지, 파티장에 도착하기 전부터 이미 아름다운 색채와 음악이 그 별궁에서 흘러나오고 있었다. 그곳에 참석한 귀족들과 그 귀족들과 친분이 있는 자들로 이루어진 파티는 총 인원이 삼백 명을 넘어가고 있어, 꽤나 와자지껄했다.

"천년 제국 머혼 13세 대공의 상속자이자, 델라이 왕국의 왕 델라이 3세의 충성스러운 신하이시며, 천년 제국 황제 임페라토르 크릭수스 클라우디우스 타키투스 아우구스투스의 친구이신, 머혼 14세 백작께서 입장하십니다."

그 말에 대부분의 이들이 하던 대화를 멈추고 머혼을 바라보며 고개를 숙이거나 잔을 들어 올리는 등의 인사를 건넸다. 머혼은 그런 시선에 익숙한지 아무렇지도 않게 사람들의 시선을 받으며 중앙으로 걸어 나갔다.

몇몇 귀족들이 빠르게 머혼을 향해서 걸어왔는데, 그때 또다시 말이 울렸다.

"델라이 왕국 머혼 14세 백작의 영애이신, 레이디 아시스 엘리자베스 머혼과 중원의 운정 도사께서 입장하십니다."

그리고 모든 소리가 죽어 버렸다.

"……"

"……"

파티장에 존재하는 모든 귀족의 몸은 굳었고, 오로지 그들의 눈만이 똑같이 한곳을 향했다. 심지어, 파티장에서 평정심을 가지고 일해야 할 하녀들조차 자신들의 할 일을 멈춰 버렸다.

살아 있는 모든 시선을 받으며 운정과 아시스는 천천히 안으로 입장했다.

저벅.

저벅.

저벅.

세 번째 걸음을 걸을 때쯤, 파티장은 곧 아무런 일도 일어나지 않았다는 듯, 웅성웅성거리기 시작했다. 귀족들은 자신들이 하던 대화를 이어 갔고, 하녀들은 자신들의 일을 이어 갔다.

하지만 나이가 젊거나 사교계가 익숙지 않은 귀족들은 하나같이 운정과 아시스의 자태에서 헤어나질 못했다. 그나마 성숙한 보호자가 옆에 있던 젊은 귀족들은 작은 핀잔이나 눈치를 받고 눈길을 돌릴 수 있었는데, 그렇게 해 줄 사람이 없던 젊은 귀족들은 그저 넋을 놓은 채로 그들을 바라보고만 있었다.

그리고 곧 주변 귀족들은 그들을 조롱하는 것을 대화 소재로 삼았다.

운정은 천천히 앞으로 걸으며 그렇게 자신을 바라보는 사람들의 눈을 하나하나 마주치며 포권을 취했다. 그러자 손을 놓을 곳이 없어진 아시스는 살짝 당황했지만, 곧 자신의 배꼽 주변에 공손히 두며 민망함을 감췄다.

"아시스! 정말 오랜만이구나!"

아시스는 그 목소리를 듣자마자, 한쪽 입술이 뒤틀리는 것 같았지만 간신히 참아 냈다. 사실 그녀가 파티장에 나오기 싫어지게 만든 장본인이 입장하자마자 말을 걸었는데, 한쪽 입술만 뒤틀리려 한 것이 그나마 다행이다.

"레이디 엘리자베스 머혼."

"응?"

"레이디 엘리자베스 머혼라고 불러 주시지요, 더글라스 델라이 왕세자님."

"왜 그래? 옛날처럼 찰스라고 불러."

아시스는 노골적으로 경계심을 드러내며 시선을 옆으로 돌렸다.

"성인이 되었으니, 서로 차릴 격식은 차려야겠지요."

훗날 델라이 왕국을 책임질 왕세자, 찰스 더글라스 델라이는 그런 아시스의 얼굴을 뚫어지게 쳐다보았다. 그는 긴 검은 머리를 완전히 뒤로 넘긴 깔끔한 머리를 하고 있었는데, 짙은 눈썹과 깊은 두 눈 때문인지 인상이 매우 강렬했다.

아무리 쳐다보아도 아시스가 자신을 보지 않자, 찰스는 팍 하고 인상을 쓰더니, 그녀의 옆에 있는 운정을 보았다. 운정은 그때까지도 주변에 포권을 취하고 있었는데, 그런 모습을 보던 찰스는 비웃음을 숨기지 않았다.

"중원의 사제가 머혼 백작님의 저택에 머문다고 들었는데, 그래서 네가 데리고 온 거야?"

아시스는 포권하는 운정의 오른팔을 슬며시 잡았다. 그리고 몸을 틀면서 한쪽에서 걸어오는 한 젊은 여성에게 인사를 건넸는데, 때문에 찰스의 질문은 허공을 맴돌 뿐이었다.

"어머? 웬일이니? 파티장에서 보는 게 얼마 만이야? 옆에 있는 잘생기신 분은 혹시 그 중원에서 오셨다는 분?"

"예, 예. 맞아요. 이번 파티에서 제가 사람들에게 소개시켜 주려고……."

그때 갑자기 찰스가 두 여인의 사이에 불쑥 끼어들었다. 두 여인은 확 인상을 쓰며 찰스를 보는데, 찰스의 시선은 두 여인이 아니라 운정에게 가 있었다.

찰스가 말했다.

"운정 도사? 도사(DaoShi)라고 말하는 게 맞습니까?"

씨익 웃는 그의 미소에는 묘한 느낌이 감돌았다. 운정은 갑자기 자신의 앞에 얼굴을 들이민 사내를 보곤 말했다.

"맞습니다. 운정 도사입니다."

그 사내는 고개를 몇 번 끄덕이며 운정의 어깨에 왼손을 올리곤 오른손으로는 악수를 청했다.

"전 찰스 더글라스 델라이라고 합니다. 그냥 찰스였는데, 이 나라의 왕세자가 되니 귀찮게도 이름이 길어졌습니다. 하하."

고개를 까딱하며 미소를 거둔 그의 몸짓은 꽤나 과장이 섞여 있었다. 운정은 물끄러미 찰스의 손을 내려다보다가 곧 자신의 손을 들어서 그 손을 잡고 파인랜드식으로 악수를 했고, 찰스는 방긋 웃더니 운정의 왼편으로 가 섰다.

툭.

살짝 밀려난 아시스가 인상을 쓰자, 찰스는 어깨 뒤로 슬쩍 그녀를 보며 말했다.

"미안."

그는 곧 운정을 보곤 다시 말했다.

"그래도 왕세자인 제가 사람들을 소개시켜 드리는 것이 더 좋을 듯합니다. 아시스가 워낙 오랜만에 파티장에 나왔으니 적응할 시간을 주어야겠지요."

아시스는 기가 막힌다는 듯 그의 옆으로 단숨에 걸어오더니 그를 노려보며 말했다.

"적응이 필요한지 안 필요한지는 제가 결정합니다, 왕세자님. 그러니까……."

그때 운정이 말했다.

"좋습니다. 그렇게 하십시오."

아시스가 말을 멈추고는 운정을 보았다.

운정은 부드러운 눈길로 찰스를 뚫어지게 보고 있을 뿐이었다.

찰스는 곧 피식 웃더니, 말했다.

"사제라고 들었는데, 사제답다기보다는 남자다우시군. 좋습니다. 절 따라오시지요. 제가 알아야 하는 사람들만 선별해서 잘 소개시켜 드리겠습니다. 첫 데뷔 때 괜히 몰라도 되는 자들하고 엮여 봤자 나중에 곤란해질 뿐입니다."

찰스는 아시스가 서 있는 반대 방향 쪽으로 손짓하며 걷기 시작했고, 운정은 그 걸음에 맞춰 걸었다. 그들의 뒷모습을 보던 아시스의 얼굴에는 불만이 가득했지만, 곧 그녀는 자신들을 향해서 인사를 건네러 온 귀족 무리에 예의를 차리기 위해서 어쩔 수 없이 자리를 고수해야 했다.

운정은 그렇게 찰스의 손에 이끌려 이곳저곳을 다녔다. 다들 아닌 척했지만, 운정과 대화를 나누고 싶어 했던 귀족들은 운정이 옆에 보이자마자 인사를 건네며 그를 아는 척했는데, 찰스는 그런 귀족들을 적절히 상대해 주었다.

남작은 표정과 손짓만으로, 자작은 한마디로, 그리고 백작은 두세 마디를 주고받으며 그래도 대화의 형식까진 갖춰 주었다. 하지만 그는 자연스럽게 다른 이들을 상대하는 척하며 말을 무시하는 기술을 선보이면서 그 누구도 자신의 허락이 없다면 운정 도사와 대화할 수 없게끔 만들었다.

예를 들면 남작은,

"아, 누구시더라?"

"……"

자작은,

"아! 왕세자님. 이곳에……"

"자자. 오랜만입니다. 그럼."

"……"

백작은,

"오? 새로운 분이로군요?"

"중원에서 오신 운정 도사입니다."

"정말 미남이십니다."

"아쉽게도 우리 쪽 말을 잘 못해서, 대화를 이어갈 수 없으니 양해하시지요."

"예?"

정도였다.

하지만 귀족들이 그 정도로 포기할 자들이 아니다.

그들은 슬슬 자신들의 연줄을 이용하기 시작했다. 왕세자의 저런 안하무인적인 태도를 아무렇지도 않게 뚫어 버릴 만한 인물이 누구인가? 파티장에 그럴 수 있는 사람은 단 두 사람. 머혼과 포트리아뿐이다.

하지만 머혼은 간만에 파티장에 나온 자신의 딸 옆에 있으려고 안간힘을 쓰느라 주변에 신경조차 쓰지 않았다.

눈치가 빠른 자들은 한두 명씩 포트리아 백작 주변으로 자연스럽게 모여들었다. 그녀의 화두는 지루하기 짝이 없는 무술. 오늘도 역시나 무술에 대해서 이런저런 말을 하는데, 다들 속내를 숨기면서 웃음으로 그로 말을 경청하는 척했다. 그리고 동시에 눈치를 이리저리 살피면서 운정 도사의 행보를 주시했는데, 그렇게 고된 인내심 끝에 한 번의 기회가 찾아 왔다.

운정 도사와 포트리아의 거리가 2m 이내로 좁혀진 것이다.

하지만 포트리아 백작은 자신의 이야기를 끊을 생각을 하지 않았다.

그러다 보니 그녀의 말을 듣는 사람들은 마음이 초조해져만 가는데, 그때 용기 있는 자작 한 명이 큰 소리로 말했다.

"오호? 저분이 운정 도사 아닙니까? 의회장에서 그 멋진 모습이 아직도 생생합니다!"

포트리아는 갑자기 자신의 말을 끊어 버린 그 자작을 보며 인상을 확 찌푸렸다. 하지만 그 자작은 그런 포트리아를 보면서도 아무렇지도 않게 화사한 미소를 지으며 말을 이었다.

"포트리아 백작님께서는 분명 저분과 안면이 있으시겠지요?"

포트리아는 헛기침을 하면서 말했다.

"무, 물론입니다. 아마 제가 그를 가장 먼저 만난 사람 다섯 중엔 속할 겁니다."

그 말이 끝나기 무섭게 다른 귀족들이 달려들었다.

"오호, 그렇습니까?"

"한번 소개라도 시켜 주시지요!"

"방금 전까지 말씀하셨던 무술에 대해서 운정 도사의 말씀도 한번 듣고 싶습니다."

"우리의 무술과 이계의 무술을 비교한다면 정말로 흥미롭지 않겠습니까?"

포트리아는 다시금 언짢은 듯한 기침 소리를 내곤 슬쩍 운정을 보았다. 그곳에는 이미 운정과 찰스가 자신 쪽을 바라보고 있었다. 운정이 거론되는 것을 들은 것이다.

포트리아는 어쩔 수 없이 운정에게 다가갔다.

"안녕하십니까? 연회는 잘 즐기고 계십니까?"

포트리아의 말에 찰스는 잽싸게 대답했다.

"제가 잘 안내해 드리고 있습니다, 포트리아 백작. 그러니……."

포트리아는 그의 말을 잘라 버렸다.

"전 운정 도사께 말씀드린 겁니다, 찰스 왕세자님. 제가 왕세자님께 물어봤다고 착각하신 듯합니다만."

"그, 그렇습니까? 하하."

찰스는 주변을 둘러보면서 귀족들의 표정을 낱낱이 훑었다. 그러자 찰스를 향한 비웃음을 얼른 숨기는 자들이 보였고, 곧 그 사람들의 이름을 하나하나 마음속에 담아 두었다.

운정이 포트리아에게 포권을 취하면서 말했다.

"안녕하십니까? 포트리아 백작님."

포트리아는 고개를 들면서 다른 귀족들에게 운정과의 친분을 과시했다.

귀족들은 금세 애처로운 눈길로 포트리아를 보았고, 포트리아는 평소 자신이 좋게 생각했던 귀족들에게 하나둘씩 눈빛을 보내며 말했다.

"운정 도사님께서는 처음 데뷔인 만큼 꼭 알아 두셔야 할 귀족들과 안면을 터놓는 것이 좋습니다. 일단 자, 우선은 알시루스 백작. 이분께서는 고아를 돌보는 일에 항상 앞장서시고 또 다른 많은 좋은 일을 하시는 분이십니다."

이후 포트리아의 선택을 받은 몇몇 귀족들은 운정과 인사를 나누고 자신의 이름을 간단히 소개했다. 아무것도 아닌 것 같지만 일단 안면을 텄다는 것은 앞으로 그에게 다가갈 명분을 만들었다는 것과도 같기에 그들은 최대한 운정를 향해 자신의 이력을 소개하며 어필했고 또 의회장에서 보여 준 운정의 모습을 찬양하는 것을 잊지 않았다.

어느 정도 시간이 지나자, 찰스는 진정하라는 듯 주변 귀족들에게 말했다.

"자, 자. 이 정도면 됐습니다. 운정 도사께서 피곤하시지 않겠습니까? 운정 도사께서도 조금 쉬실 수 있게 잠시 룸(Room)에 가겠습니다. 그럼 이만."

그렇게 말한 찰스는 아쉬워하는 귀족들을 무시하곤 운정에게 손짓했다. 운정은 포트리아와 인사를 나눈 다른 귀족들에게 포권을 한 번씩 취해 보이고는 찰스를 따라갔다.

찰스는 양쪽으로 크게 나 있는 계단을 통해서 이 층 복도로 운정을 안내했다. 그들을 확인한 다른 귀족들 중 일부분이 얼른 그들을 따라 이 층으로 향했지만, 찰스가 한 문 앞에 선 것을 보자, 곧 실망한 기색으로 다시 제 갈 길을 갔다.

그것을 본 운정이 찰스에게 물었다.

"이곳은?"

찰스가 대답했다.

"파티장에만 있다 보면 지치지 않습니까? 이 층에선 다양한 콘텐트(Content)를 각 방마다 따로 제공하지요. 이곳은 왕족만 쓸 수 있는 곳으로, 저희가 돌아다닐 거 없이 부르기만 하면 되니 조용히 휴식하실 수 있을 겁니다. 자, 안으로 드시지요."

찰스는 방문을 열었고, 운정은 그 안으로 들어갔다.

방은 평범했다. 화려함이나 고풍스러움도 적당히 있으면서 과하지 않은 그런 방이었다.

안에는 하녀 한 명이 있었는데, 그녀는 한 손에 두루마리를 가지고 있었다. 찰스는 한쪽에 앉으며 손짓했고, 그러자 그녀는 두루마리를 찰스에게 주곤 차와 다과를 방 한쪽 면에서 준비했다.

운정은 찰스의 맞은편에 앉았고 찰스는 다리를 꼰 채 그것을 펼쳐 읽어 보며 말했다.

"흐음. 가만 보자. 그래도 꽤 새로운 게 들어왔네. 자, 운정 도사님, 운정 도사님의 관심사는 어떻게 되십니까?"

"내 관심사를 알고 싶습니까?"

"예, 예, 무엇을 즐기실지 잘 몰라서. 그, 일단 사제이시니, 신학은 어떻습니까?"

"신학이요?"

"제가 이렇게 가벼워 보여도 꽤나 신학을 좋아합니다. 그러고 보면 운정 도사님도 신학을 좋아하실 것 같습니다만."

운정은 그의 말을 잘 이해할 수 없었지만, 일단 대답

했다.

"예, 좋습니다."

찰스는 고개를 끄덕인 뒤 하녀에게 말했다. 하녀는 그 말을 듣고 잠시 밖에 나갔다가, 곧 들어와서 말했다.

"다른 방에서 아직 진행 중이라, 10여 분 정도 걸린다고 합니다."

찰스는 어깨를 들썩이더니 말했다.

"그럼 잠깐 조련사(Tamer)나 들이라 해. 새로 들어온 것이 목록에 없는 걸 보면 다들 안 찾아서 한가하겠지? 시각적으로만 즐긴다는 점에서 질은 낮지만, 잠깐 시간을 보내는 데는 유용하니까."

"네, 알겠습니다."

하녀는 그렇게 대답한 뒤 방 밖으로 나갔다. 그리고 곧 거대한 직사각형의 상자를 앞으로 끌며 한 남자가 방 안으로 들어왔다.

그 남자는 환갑이 넘어 보이는 노인으로 전체적으로 칙칙한 복장을 하고 있었는데, 배배 꼬인 흰 머리카락과 흰 수염이 그나마 밝은 빛을 냈다. 그리고 옷 이곳저곳이 투박한 바느질 솜씨로 수선되어 있어, 꽤나 후줄근한 느낌을 주었다.

그가 앞으로 끄는 상자는 사람 두세 명이 들어갈 정도로 컸고, 철로 된 네 바퀴가 각각의 바닥 모서리에 달려 있었다.

그 상자는 온통 흑색으로 칠해져 있었는데, 작고 큰 다양한 크기의 문들이 이곳저곳에 덕지덕지 있었다.

찰스는 그 남자를 보며 말했다.

"오랜만이군, 조련사. 자, 자네는 무엇으로 운정 도사님을 흥미롭게 할 텐가?"

조련사는 잠시 고민하는 표정을 지으며 운정을 보다가 갈라지는 목소리로 말했다.

"왕세자께서는 이미 전부 다 보신 것이라 지루하시겠지만, 어차피 잠깐 보신다고 했으니, 천천히 귀한 것을 내놓을 필요가 없겠군요. 운정 도사께서 놀랍게 여길 만한 것은 아마 이것으로 충분할 겁니다."

곧 그는 상자에 손을 넣더니, 어떤 작은 생물을 꺼냈다.

그것은 등 뒤에 날개를 달고 있는 손바닥만큼 작은 미녀였다.

운정의 두 눈동자가 급격하게 커졌다. 그리고 그것을 훔쳐본 찰스는 만족한 미소를 띠면서 자리에서 일어났다. 그리고 그 조련사 옆으로 걸어가 마치 자기 것인 마냥 자랑하듯 섰다.

조련사가 찰스의 눈치를 보고 있자, 찰스는 손짓하며 말했다.

"운정 도사가 당황해하지 않는가? 어서 설명해 주시게."

조련사는 고개를 몇 차례 끄덕이더니, 날개 달린 미녀를 상자 위에 두었다. 그 날개 달린 미녀는 긴장한 기색으로 사방을 두리번거리다가 곧 조련사의 얼굴을 확인하고는 소리를 내며 살짝 날아올라 갔다.

"푸우. 푸우. 푸우."

휘파람 소리 같기도 하고 새소리 같기도 한 그 소리는 사람의 귀를 간지럽혔다. 조련사는 검지를 뻗어 그 미녀의 얼굴을 살짝 건드렸고, 그러자 그 미녀는 양손으로 그 검지를 부여잡고는 공중에서 이리저리 장난치기 시작했다.

조련사는 사랑스러운 눈길로 그 미녀를 바라보며 나지막하게 말했다.

"페어리(Fairy)라고 합니다. 엘프의 모습을 하고 있지만, 그 크기가 매우 작고 뒤에 날개를 가지고 있습니다. 과거에는 이들이 엘프와 다른 종이라 여겨졌지만, 최근 연구에 따르면 그들이 바로 어린 엘프라는 것이 밝혀졌습니다."

운정은 페어리를 바라보며 말했다.

"페어리가 자라서 엘프가 됩니까?"

조련사는 고개를 끄덕였다.

"그렇습니다."

운정은 페어리를 더욱 자세히 보았다.

페어리는 조련사의 말대로 엘프의 모습을 그대로 작게 축

소시켜 놓은 것 같았다. 다시 말하자면, 어린아이가 아니라 성인의 모습이라는 뜻이다. 그런데 그것이 어린 엘프라는 것이 조금 이해하기 어려웠다.

운정이 물었다.

"크기는 작지만, 성숙해 보입니다."

조련사는 페어리에서 시선을 겨우 떼어 운정을 돌아보며 말했다.

"엘프는 통칭 어머니 나무라는 특별한 나무에서 태어납니다. 어머니 나무는 특별한 열매를 맺는데 그 안에는 이와 같은 페어리들이 있지요. 페어리들은 그 안에서 어머니 나무에게 양분을 공급받고 충분히 성장하게 되면 스스로 열매 막을 찢고 나오게 되는데, 열매가 다 자라지 못한 상태에서 나무에서 떨어져 버리면 이렇게 미성숙한 채로 부화할 수밖에 없습니다. 인간으로 치면 아직 태아 같은 겁니다."

"......"

"그들에 대한 처우는 각 엘프족마다 다릅니다. 페어리도 일족의 구성원으로 받는 엘프족이 있는가 하면, 완전히 방관하는 엘프족도 있고, 또 태어나자마자 죽이는 엘프족도 있습니다."

"푸우, 푸우, 푸우."

페어리가 갑자기 소리를 내었다. 그러자 조련사는 얼른 운정에게서 시선을 돌려 페어리를 보았고, 페어리는 조련사의 시선이 자신을 향하자 만족한 듯 다시 자신의 얼굴을 그의 검지에 비비기 시작했다.

운정은 사랑스러운 그 모습을 보며 말했다.

"그 페어리의 엘프족은 어떻게 합니까?"

조련사의 얼굴이 조금 어두워졌다.

"방관하는 쪽과 죽이는 쪽 그 중간쯤이었습니다. 지금보다 열망도 체력도 많았던 젊은 날에 그 엘프족과 인연이 생겨서 그들에게 초대를 받았었는데, 그들이 제게 아직 부화하지 않은 열매를 선물로 주었습니다. 그들에게 있어 페어리는 노예이자 재산쯤으로 취급되는 듯했습니다."

역시나 엘프의 사고방식은 도저히 이해할 만한 것이 아니었다.

운정은 말없이 페어리를 보며 생각에 잠겼다. 그런데 그것을 오해한 찰스가 조련사에게 말했다.

"다른 건 없나? 페어리야 뭐 처음 보면 신기하긴 하지만, 별다른 재주가 없으니까. 그, 그 뭐야. 그거나 보여 주게."

조련사는 조금 서글픈 표정을 짓더니 페어리의 날개를 잡았다. 페어리는 바둥거렸는데, 조련사가 약간 화난 표정을 억지로 지어 보이자, 곧 울상을 지으며 가만히 있었다.

조련사는 얌전해진 페어리를 상자 안쪽에 넣으며 찰스에게 물었다.

"어떤 것을 말씀하시는지?"

찰스는 손을 모으며 고심하며 말했다.

"그거 있지 않은가? 그, 왜, 입에서 불이 나오는 거. 그게 또 화끈하지."

조련사는 입을 달싹거리더니 곧 힘없는 목소리로 말했다.

"아, 그 아이는 몇 달 전에 세상을 떠났습니다."

"뭐?"

"병을 심하게 앓았는데, 이곳 환경이 잘 맞지 않아 힘이 약해졌는지 병을 이기지 못했습니다."

"그, 그런가? 흐음. 아쉽군. 그럼 서둘러 새로운 생물들을 조련해야지. 보니까, 새로운 생물이 꽤 오랫동안 없던데 그래서야 왕궁의 체면이 안 서네. 왕궁에서 개최하는 파티가 심심하다면 그게 곧 아바마마가 무시당하는 일로 이어질 거야."

조련사는 공손히 대답했다.

"죄송합니다."

찰스는 그를 못마땅하다는 표정으로 바라보다가 곧 휙휙 손짓했다.

"됐어. 나가 보게. 어차피 곧 신학자가 올 거야."

"알겠습니다, 그럼. 좋은 시간 되십시오."

조련사는 자신의 상자를 이끌고 방 밖으로 나갔다. 운정은 그 조련사가 밖으로 나갈 때까지 그를 계속해서 바라보았다.

찰스는 미소를 얼굴에 띠며 운정에게 다가왔다.

"질 낮은 콘텐트로 운정 도사님의 마음을 어지럽힌 게 아닌가 합니다. 하하하. 신학을 공부하시는 사제님이신데, 이런 걸로 즐거워하실 리가 물론 없으시겠지요."

운정은 조용히 물었다.

"그 사람, 이름이 무엇입니까?"

"예?"

"방금 그 조련사. 이름을 알고 싶습니다."

찰스는 당황한 표정을 지었다.

"그, 글쎄요. 뭐 제가 따로 알아봐 드리지요. 걱정 마십시오."

그때 누군가 방문을 열고 안으로 들어왔다.

그 남자는 온통 흰색 차림으로 상, 하의가 하나로 된 긴 옷을 입고 있었다. 한 손에는 마법사의 지팡이와도 같은 것을 잡고 있었고, 머리에는 둥그런 왕관 같은 것을 쓰고 있었다. 환갑을 족히 넘은 것같이 보이는 외관이었지만, 전체적인 인상은 매우 깔끔했다.

하지만 그의 표정은 좋지 못했다.

"왕세자님, 보아하니, 방금 전까지 조련사를 들이신 것 같습니다. 맞습니까?"

사제의 질문에 찰스는 눈길을 살짝 돌렸다.

"아하, 그게 말입니다. 살짝 시간이 비어서 말이지요."

사제는 이제 노골적으로 화난 표정을 지으며 왕세자에게 말했다.

"그런 저급한 것은 눈으로도 귀로도 멀리해야 된다고 제가 말씀드렸지 않습니까? 신의 말씀을 읽고 들어도 부족한 판에 그런 것을 즐기시려 하다니요. 나중에 이 나라를 어찌 이끄시려고 그러십니까?"

찰스는 머리 위로 마구 손짓하며 말했다.

"됐습니다. 됐어요. 자자, 여기 중원에서 오신 운정 도사입니다. 도사라는 것은 중원에선 사제와도 같다 합니다. 아마 이곳의 신학 또한 관심 있어 할 테니, 말씀 나누어 보시지요."

찰스가 그렇게 말하자, 그제야 사제의 눈길이 운정을 향했다. 그는 아무런 감정도 담기지 않은 표정으로 운정을 보다가 곧 고개를 살짝 숙이며 말했다.

"프란시스 대주교입니다."

"운정 도사입니다."

프란시스는 천천히 걸어와서 운정의 맞은편에 앉았다. 긴 복장을 가지런히 하고 지팡이를 옆에 놓고는 그가 물었다.

"그럼 무엇을 알고 싶으십니까?"

운정은 희미한 미소를 지으며 말했다.

"아무것도 모르기에 무엇을 모르는지도 모릅니다. 기본부터 알려 주십시오."

프란시스는 운정의 말을 듣고는 찰스의 눈치를 보았다. 찰스는 방긋 웃어 보였고, 프란시스의 두 눈이 살짝 감겼다.

"왕세자님, 도사께서 개종을 원하시는 것처럼 보이진 않습니다만."

찰스는 밝게 말했다.

"도사님의 말처럼 아무것도 모르시니 개종을 하고 싶어도 할 수 없으신 것이겠지요. 다만 대주교님께서 말씀을 잘 전하신다면, 누구라도 진리에 서지 않겠습니까?"

프란시스는 깊은 기침을 하며 말했다.

"크흠, 누가 진리에 설지는 제가 정하는 것이 아닙니다."

그 말을 듣자, 찰스의 웃음이 대칭을 잃었다.

"물론 그러시겠지요. 하지만 우리 모두 노력해야 하지 않습니까?"

"……"

프란시스는 찰스를 노려보며 말이 없었다.

그때 운정이 말했다.

"아, 하나 압니다. 파인랜드에는 두 신이 있습니다. 작과 독(Doc). 맞습니까? 그것을 설명해 주십시오."

그 말을 듣는 순간 프란시스의 얼굴에 작은 분노가 떠올랐다.

"마법사들이나 믿는 그런 엉터리 신학을 믿어선 안 됩니다. 하아, 처음부터 바른 지식을 가지는 것이 중요한데 말입니다."

찰스가 슬쩍 끼어들었다.

"그래도 프란시스 대주교께서는 다른 신학에 대해서도 깊게 공부하시지 않으셨습니까? 우선은 운정 도사의 질문에 대답해 주십시오."

프란시스는 잠깐 불만 어린 표정을 짓다가 말했다.

"우선 마법사들의 신학은 저희 러브처치(Love Church)에서 공인되지 않음을 알려 드립니다. 앞으로 하는 설명은 참고가 될 순 있어도 진리는 되지 않습니다. 알겠습니까?"

"예."

운정은 고개를 끄덕였고, 프란시스는 말을 이었다.

"작(Jaac)은 카오스(Chaos)의 신입니다. 독(Doc)은 코스모스(Cosmos)의 신이지요. 우선 작(Jaac)은 이 세계의 창조주를 뜻합니다. 하지만 그는 전지전능한 속성을 가지고 있습니다. 모든 것을 알고 모든 것을 할 수 있으며, 모든 것을 이끌수 있습니다. 모두 가능합니다. 그렇기에 혼돈입니다. 하지만그 전지전능은 독(Doc)이라는 신들에 의해서 제한됩니다."

"어떻게 제한됩니까?"

"독(Doc)은 다수의 신입니다. 그들은 작(Jaac)을 감시합니다. 그들은 코스모스(Cosmos)의 신. 즉 조화를 중하게 여깁니다. 모순을 혐오하고 정당성을 찾습니다. 그렇기에 작(Jaac)이어떠한 사건을 일으킬 때, 지금까지 작(Jaac)이 일으켰던 사건들과 대조하여 그 안에 모순이 있는지, 정당성이 있는지 판단합니다. 그리고 만약 그것이 일정 수준 이상이 된다면 그들은이 세계를 떠나기 시작합니다. 만약 작(Jaac)이 스스로의 전지전능을 남용한다면 독(Doc)이 하나도 남게 되지 않을 것이고 그것은 또 그것대로 이 세상이 존재하지 않게 되는 겁니다. 작(Jaac)만이 홀로 있는 세계는 있어도 없는 것이기 때문입니다. 크흠, 민트 티 하나만 부탁드립니다."

하녀는 곧 민트 티를 찻잔에 담아 프란시스 앞에 두었고, 프란시스는 민트 티로 목을 축였다.

운정은 그의 말을 듣고 질문했다.

"흥미로운 신학입니다. 그런데 그것이 잘못된 이유는 무엇입니까?"

프란시스는 고개를 마구 저으며 말했다.

"아주 아주 잘못되어 있지요. 신학이 기본적으로 무엇을 위함입니까? 결국 사람을 위함입니다. 신을 공부하는 것도 결국 그 지식을 바탕으로 사람을 위하려고 하는 것입니다. 하지만 작과 독의 신학은 마법사들이 자신들의 마법의 원리에다가 신의 개념을 도입한 것에 지나지 않습니다. 이 세상의 법칙을 깨는 놀라운 마법들. 그리고 그 마법들을 일으키기 위한 제약. 이 두 가지에 인격을 부여해서 신학적으로 해석한 것이지요. 그것은 인간에게 어떠한 도움도 되지 않습니다."

"……"

"분명 흥미로운 것은 맞습니다. 하지만 그 신학이 어떤 정의를 설명합니까? 선과 악에 대해서는 어떻게 규정합니까? 도덕과 윤리의 문제는 또 어떻게 다룹니까? 아무것도 없습니다. 마법사들이 그러니까요. 그러니 그것은 거짓 신학이고 또 무용한 신학일 뿐입니다."

운정은 가만히 그를 보다가 말했다.

"그렇다면 설명해 주십시오. 가장 기본적으로. 사람은 왜 타인을 죽이면 안 됩니까?"

"……"

"……"

그 말에 찰스도 프란시스도 눈을 동그랗게 뜨고 운정을 돌아보았다.

운정의 얼굴에는 그 어떠한 감정도 없이 순수한 호기심만
이 남아 있었다.

프란시스와 찰스는 순간 서로 눈을 마주쳤다.

그리고 서로의 시선을 즉시 회피했다.

찰스는 어색한 미소를 지으며 말했다.

"하. 그, 참으로 철학적인 질문입니다. 크으, 사람을 왜 죽이
면 안 되는가? 이에 대답할 수 있는 사람이 몇이나 되겠습니
까? 하하하. 그 문제에 대해서는 다양한 사람들을 불러서 한
번 토론해 보는 것이 어떻……."

프란시스는 찰스의 말을 잘랐다.

"다양한 이유가 있겠습니다만은, 운정 도사께서는 제가 가
진 신학에서의 이유가 듣고 싶은 것이라 생각합니다. 맞습니
까?"

"네, 그렇습니다."

프란시스는 민트 티를 한 모금 다시 마시더니 말했다.

"이것부터 말씀드려야겠군요. 사랑교에서는 유일신을 믿습
니다. 하나의 전지전능한 신이 이 세상을 창조하고 이 세상을
다스린다고 믿습니다. 또한 그 신은 절대적으로 선해서 그가
하는 모든 일은 선한 것이고 그가 의도한 모든 것은 선한 것
입니다."

운정은 나지막하게 물었다.

"전능하다. 선하다. 그리고 하나이다."

"그렇습니다. 사랑이지요."

"사랑?"

"그 신은 사랑입니다. 그래서 저희 교의 이름도 사랑교입니다. 사랑이야말로 신으로부터 온 선의 결정체이며 모든 선은 사랑 위에 서며 사랑으로부터 나온 것이지요."

운정은 자신이 했던, 그리고 경험했던 사랑들을 떠올렸다.

그래도 그것이 선이라고 생각하긴 어려웠다.

"사랑은 불안전합니다. 매 순간 변합니다. 사랑으로 타인에게 해를 입힐 수도 있습니다. 어째서 사랑이 선입니까?"

"그건 완전하지 않은 사랑이기 때문입니다. 완전한 사랑 앞에서는 모든 것이 선합니다. 여기서 완전하다는 것은 모든 조건을 뛰어넘는 사랑을 뜻합니다. 이 세상을 창조한 창조주는 이 세상을 사랑하십니다. 거기엔 어떤 조건이 있는 것이 아닙니다."

"……."

프란시스는 운정의 표정을 살폈다. 그의 말에 전혀 수긍하지 않는 듯한 표정이지만, 일단 아무런 말을 하지 않은 것을 보면 더 이야기를 듣고 싶어 하는 듯했다.

프란시스는 말을 이었다.

"신께서는 이 세상의 모든 것을 만드셨습니다. 다만 그중 특별히도 인간을 사랑하셔서 인간을 자신의 형상대로 만드셨지요. 그래서 인간에겐 다른 모든 창조물에 찾을 수 없는 특별함이 있습니다."

"……."

"그것은 바로 신성입니다. 모든 인간은 단순히 인성을 지닌 것에서 끝나는 것이 아니라 신성을 가지고 있습니다. 어떠한 조건도 따지지 않는 사랑이 완전하듯, 인간에겐 어떠한 조건도 필요 없는 귀한 가치가 있습니다. 그 때문에 사람은 죽일 수 없는 것입니다. 신의 형상을 타고난 인간을 죽이는 것은 신에게 도전하는 것과 같습니다. 아들이 아비에게 칼을 겨누는 것이지요."

"사람을 죽이는 것은 곧 신에게 대적하는 것이라는 것이군요."

프란시스는 고개를 끄덕이며 말했다.

"정확하게 이해하셨군요. 자, 혹시 질문할 것이 있다면 질문하시지요. 언제든 환영합니다."

운정은 코를 매만지고는 말했다.

"전 신이 없다고 생각합니다."

프란시스는 눈을 살짝 치켜뜨며 말했다.

"없다? 당신의 종교에서도 신은 없습니까?"

운정은 프란시스를 보며 말했다.

"있지만, 상대적입니다. 당신이 말하는 절대적인 신이 아닙니다."

"……"

"있음과 없음. 어려움과 쉬움. 길음과 짧음. 높은 것과 낮음. 앞과 뒤. 모두 함께 있어야 의미가 있습니다. 이 세상의 모든 것이 그렇습니다. 아무것도 홀로 설 수 없습니다. 무엇 하나도 홀로 서 있는 것이 없습니다. 하지만 당신의 신은 홀로 서 있습니다. 이해가 가지 않습니다."

프란시스는 앞으로 몸을 조금 숙이며 말했다.

"가정이지요. 가정. 그런 것이 있다고 가정해 보자는 말입니다."

"……"

"사람이 다 압니까? 사람의 눈에 보이는 것이 전부입니까? 아니지 않습니까? 인간이 생각할 수 있는 영역 내에서 그런 것을 이해할 수 없다 해도, 있다고 가정은 할 수 있지 않습니까?"

운정은 그것이 무엇인지 알고 있다.

"진리(Truth)."

프란시스는 눈을 크게 뜨며 말했다.

"바로 그것이 사랑입니다."

"……."

프란시스는 몇 번이고 고개를 끄덕이며 말했다.

"무슨 생각을 하시는지 압니다. 어떻게 그리 확신해서 말할 수 있느냐는 것이겠지요. 이유는 간단합니다. 신은 세상이 자신을 알아주길 바랍니다. 사랑이라는 것은 상호 관계. 신은 세상을 사랑한 만큼 세상이 자신을 사랑하길 바랍니다. 때문에 우리에게 자신을 드러냈습니다. 사랑이 무엇인지 진실로 깨달은 자에게 하나둘씩 자신에 대해서 설명해 주었지요. 그로 인해서 우리는 우리를 창조하고 사랑하는 신이 존재한다는 것을 깨닫게 된 것입니다. 신이 직접 우리에게 말한 그 말씀으로 말입니다."

"신이 말했습니까?"

"예, 말씀하셨습니다. 그의 말씀을 경전으로 받아서 우리는 그 말씀을 통해 신의 뜻대로 살 수 있습니다. 놀랍지 않습니까?"

운정이 되물었다.

"그 신의 말을 저도 보고 싶습니다. 어디서 읽을 수 있습니까?"

그 말을 듣자 프란시스의 표정이 조금 굳었다.

그는 자신의 가슴을 쓸어내리며 말했다.

"사랑교의 교인이 되지 않으신다면 그 내용을 다 전달할 수 없습니다. 또한 그 경전을 직접 보는 것은 저처럼 대주교가 되지 않으면 불가능하고 또 모든 경전을 모두 볼 수 있는 사람은 오로지 교황 폐하밖에 없습니다."

"왜 그렇습니까?"

"그야, 신의 말씀을 왜곡해서 해석할 수 있기 때문입니다. 신에 대한 신앙이 깊지 않으면 그의 말씀을 제대로 이해할 수 있는 능력이 없습니다. 신에 대한 신앙을 삶으로 증명해야지만 그 말씀에 점차 다가갈 수 있는 것이지요."

"하지만 그것을 보여 주지 않으면 제가 어떻게 믿습니까?"

프란시스는 팔짱을 끼며 대답했다.

"당신이 믿고 안 믿고는 내게도 당신에게도 달린 것이 아닙니다. 오로지 신께서 섭리하셔야 가능한 것이지요. 때문에 당신이 믿을 사람이라면 제 말을 듣고도 믿을 것이고, 믿지 않을 사람이라면 경전을 보고도 믿지 않을 것입니다."

"……"

"신은 절대적입니다. 신이 의도하신 것은 무조건 이루어집니다. 제 말이 무슨 뜻인지 아시겠습니까?"

운정은 프란시스를 마주 보다가 말했다.

"그럼 신은 자신을 믿어 줄 사람과 믿지 않을 사람을 정해

났다는 말입니까?"

"예, 그렇습니다. 그뿐만 아니라 자신을 믿는 사람에게는 영원한 천국을 그리고 믿지 않는 사람에겐 영원한 지옥을 준비하셨지요."

운정은 천국과 지옥의 개념을 알고 있었다. 그것은 도교엔 없지만 불교에 있는 것이기 때문이다.

운정이 물었다.

"신은 자신이 사랑하는 사람을 지옥으로 보낸다는 겁니까?"

프란시스는 헛기침을 하더니 대답했다.

"다시 말씀드리지만, 사랑은 상호 관계입니다. 인간이 신의 사랑을 거부하면 그것은 곧 사랑이 아니게 됩니다. 완전한 사랑이 될 수 없습니다. 때문에 신의 사랑을 받지 못하고, 신의 분노를 받게 되는 것이지요."

"완전히 선한 신이 분노를 일으킵니까?"

"일으키지요. 완전히 선하기 때문에 악을 향한 분노는 이루 말할 수 없습니다. 그리고 사랑이 선인 것처럼 사랑하지 않는 것이 악입니다. 신을 사랑하지 않는 것은 가장 큰 악이지요."

운정은 눈초리를 좁혔다.

"신의 마음이 너무 좁습니다."

프란시스는 잠깐 눈을 살짝 감았다가 곧 뜨며 말했다.

"그, 그런 게 아닙니다. 신이 편협해서 자신을 사랑하지 않는 자들에게 분노를 품는 것이 아닙니다. 신은 선하기 때문에 악에 분노를 품는 것이고, 사랑하지 않는 것이 바로 악이기에 그것에 분노를 품는 것입니다. 예컨대, 사랑받지 못해서 불만을 품은 여인처럼 생각하시면 안 됩니다. 그것은 신을 단단히 오해한 것입니다."

"그렇다고 해도 이상합니다. 신이 사람을 만들 때 자신을 사랑할 사람과 자신을 사랑하지 않을 사람을 이미 정해 두었습니다. 그리고 자신을 사랑할 사람에겐 선하다고 하고, 천국으로 보냅니다. 자신을 사랑하지 않는 사람을 악하다고 하고 지옥에 보냅니다. 그 모습은 아무리 생각해도 악한 것 같습니다. 장난치는 어린 아이 같습니다."

프란시스는 숨을 깊게 들이마시며 콧김을 내뱉었다. 찰스는 그의 눈치를 살피더니 작게 웃으며 말했다.

"도사께서는 믿지 않는 사람입니다. 어쩔 수 없지 않습니까?"

프란시스는 눈을 확 하고 감았다. 그리고 거칠어진 호흡을 가다듬고는 나지막하게 말했다.

"신을 온전히 이해할 수는 없습니다. 온전히 이해할 수 있는 대상도 아니고요. 신께선 자기 자신의 존재를 드러내셨지만, 그렇다고 해서 고작 인간이 신에 대해서 다 알 수는 없습니다. 이해해서 믿는 것이 아닙니다. 믿고 이해하는 것이지요."

"사랑이 그렇습니다."

갑작스러운 운정의 말에 프란시스가 되물었다.

"예?"

운정이 나지막하게 말을 이었다.

"사랑이 그렇습니다. 이해하고 사랑하는 것이 아니라 사랑하기에 이해하는 것입니다. 인간이 신을 어떻게 사랑합니까? 완전한 신은 아무것도 필요 없습니다. 그렇다면 결국 믿음밖에는 사랑을 표현할 수 없습니다."

"……"

"……"

운정은 눈을 살포시 감고는 느릿하게 말했다.

"사랑교의 가르침은 대강 이해가 갑니다. 사랑. 사랑을 진리로 생각한다. 참으로 놀라운 생각입니다. 사랑으로 절대성과 상대성의 차이를 흔듭니다. 대단한 생각입니다."

"……"

"……"

"신이 있다는 가정. 그걸 믿는 것. 그것이 곧 사랑. 흐음, 좋습니다."

거의 들릴 듯 말 듯 읊조리는 운정을 보며 프란시스와 찰스는 무슨 말을 해야 할지 알 수 없었다. 정확하게 운정이 무엇을 어떻게 이해했는지 알 수 없었기 때문이다.

하지만 운정은 그들이 자신을 이해하든 말든 신경 쓰지 않았다. 침묵하며 자신의 생각을 이어 나갔다. 그런 그를 찬찬히 보던 프란시스는 그에게 더 질문이 없다고 생각하고 말했다.

"운정 도사님, 더 이상 궁금한 것이 없다면 당신의 종교의 가르침을 알려 주십시오. 앞으로 중원의 사람들을 포교하려면 중원의 종교에 대해서 알아 두어야 할 것 같습니다."

찰스는 프란시스의 말에, 정확히는 '포교'라는 단어에서 얼굴을 잔뜩 찌푸렸지만, 프란시스는 아랑곳하지 않고 운정을 뚫어지게 보았다. 운정은 자신의 생각을 멈추고 눈을 뜨고 프란시스에게 말했다.

아니, 말하려고 했다.

덜컹—!

문이 확 열리고 그곳에서 머혼이 튀어나왔다. 그의 머리카락은 산발이 되어 있었고, 겨드랑이 양쪽과 앞으로 튀어나온 배꼽 주변이 땀으로 가득 젖어 있었다.

"운정 도사! 이곳에 있었군! 아휴, 얼마나 찾았는지. 아, 찰스 왕세자님. 그리고 프란시스 대주교님도 있으셨군요. 간만입니다."

찰스는 말없이 인사했고, 프란시스는 말로 인사했다.

"그야 예배에 참석하지 않으시니 그렇지 않습니까? 일 년에 한 번 성례식만 참석한다고 다가 아닙니다."

머혼은 떨떠름한 표정을 지었다.

운정은 그를 보고서야 문득 시간이 너무 지났다는 것을 깨달았다. 그는 자리에서 벌떡 일어나며 말했다.

"혹시 지금 나가야 합니까?"

"서두르지 않으면 운정 도사님의 약속에 늦을 것입니다. 그 약속이 무엇인지 모르겠지만, 매우 중요하다고 했으니 어서 가야지요."

운정은 찰스와 프란시스에게 급히 포권을 취했다.

"먼저 가겠습니다."

찰스와 프란시스가 제대로 인사하기도 전에 운정은 서둘러 그 방에서 나가 버렸다.

결국 둘만 남겨진 찰스와 프란시스는 서로를 바라볼 수밖에 없었는데, 묘한 침묵을 먼저 깬 것은 프란시스였다.

"그럼 왕세자님, 이번 주일에는 예배에 참석하시겠지요?"

찰스는 애매한 표정을 짓더니 말했다.

"그게, 그날도 중요한 일이 있어 어려울 것 같습니다.

하하."

"크흠."

프란시스는 불편하다는 듯 헛기침을 하고는 찻잔에 손을
가져갔다.

第四十五章

마차에 오르며 머혼이 말했다.

"이젠 제대로 믿는 사람도 거의 없습니다. 정치적인 이유에서 허울만 남아 있는 것이니 운정 도사께서도 너무 신경 쓰지 않으셔도 됩니다."

운정은 뒤따라 들어가서 머혼의 맞은편에 앉았다.

"확실히 모순이 많습니다. 신이 선하고 하나라면 악은 어디서 온 것인가……."

눈길을 바닥으로 두고 깊은 생각에 빠진 운정을 물끄러미 보며 머혼이 말했다.

"어차피 죽어 봐야 하는 문제인데, 뭘 그리 생각하십니까. 로튼! 가자."

"……."

그의 말에 마차가 서서히 달리기 시작했다. 전보다 더 빠른 속도로 나아가니 마차 안이 매우 덜컹거렸음에도, 운정은 용케 가만히 앉아 고심하고 있었다.

그것을 보다 못한 머혼이 말했다.

"사랑교 교리에 따르면 믿을 놈은 믿고 안 믿을 놈은 어차피 안 믿는다는 겁니다. 그냥 그 교리대로 속 편하게, 안 믿어지면 안 믿어지는 것이지 더 생각한다고 되는 게 아니지요."

운정은 눈길을 들어 머혼을 보았다.

"그래도 사랑을 하나의 감정 이상으로 보는 것은 재밌습니다. 그것이 선의 근원이라. 한 번도 생각해 보지 않은 것입니다."

머혼은 운정의 반짝이는 눈빛으로 보고 그가 오해했다는 것을 알았다.

"믿음이 생긴 것이 아니로군요."

운정은 희미한 미소를 지었다.

"세상이 창조된 것이 사람에 의해서라는 점은 솔직히 받아들이기 어렵습니다."

"사람(Man)?"

"아, 사람이 아니라… 그 인격 말입니다. 중원에서는 그저 현상에 의해서 만들어졌다고 생각합니다. 하늘이라고 합니다만, 거기서 인격이 배제된 지는 사실 꽤 되었습니다."

머혼은 그 말의 내용보다는 운정의 언어가 상당히 유창해졌다는 사실이 더 크게 느껴졌다. 이제는 단어 선택에서부터 발음까지도 꽤나 자연스러워, 말만 들으면 정말로 파인랜드의 사람과도 같았다.

이계로 온 뒤 그의 언어 실력은 계속해서 늘었지만, 특히 대주교와의 짧은 대화 이후 더욱 실력이 느는 것 같았다. 이제 겨우 하루가 지났을 뿐인데도, 이토록 빠르게 언어를 흡수하는 것을 보면 그의 지식과 지혜가 남다르다는 것을 다시 한번 알 수 있었다.

머혼이 말했다.

"하기야, 사랑교가 유서 깊은 종교이지만, 좀 옛날 것이죠. 유일신이라는 모순적인 개념을 발전시키지 않고 그대로 가지고 있는 것만 봐도 얼마나 보수적인지 알 수 있습니다. 그에 반해 중원의 도교는 참으로 앞서 있는 종교 같습니다. 자연을 하나의 신으로 보지 않는 관점은 뭐랄까, 마법사들의 그것과도 같으면서도 더 진보된 어떤 것으로 느껴집니다."

운정은 머혼에게서 지금까지 이런 진중함을 본 적이 없었다. 항상 가벼운 것 같은 겉모습 안에 누구보다도 깊은 속이 있다는 것은 대강 예상할 수 있었지만, 그것을 이렇게 실제로 보는 것은 처음이었다.

운정이 물었다.

"머혼 백작께서는 신을 믿지 않습니까?"

머혼은 얼굴을 조금 찌푸리며 고개를 흔들었다.

"문득 생각은 들지만 별로 신경 안 씁니다. 전 그런 것까지 생각할 여유가 없습니다."

"그래도 언젠간 죽음을 맞이하게 될 테고, 그럼 자신의 삶을 돌아볼 텐데, 그때 후회하지 않을 자신 있습니까?"

"내가 후회한다고 달라질 것도 없는데, 무슨 상관입니까. 그저 하루하루를 잘 사는 것뿐이지요."

"……"

"그런 고리타분한 이야기는 나중에 하고, 이젠 제게 비밀을 말해 주시지요."

"비밀?"

머혼은 씨익 웃으며 몸을 앞으로 당겨 의자에 걸터앉듯 했다.

"오늘 밤에 만나신다는 엘프 말입니다. 하하, 이제 막 파인랜드에 오신 운정 도사께서 어떻게 그런 약속을 했는지 아주참으로 궁금합니다. 그, 혹시 괜찮다면 용무를 물어보아도 되겠습니까?"

운정은 머혼과 비슷한 미소를 지으며 말했다.

"그저 중원에서 인연이 있었고, 그때 서로 마음이 잘 맞아 좋은 관계로 지냈습니다. 이번에 여기 와서 먼저 저를 찾았는데, 그녀가 저를 먼저 만나고 싶어 했습니다. 용무는 그쪽에서 있을 겁니다."

"흐음… 엘프가 중원에 있다는 건 알고 있었지만 운정 도사님과 연결되어 있는지는 몰랐습니다. 참, 누구는 이렇게 오래 살아도 엘프 한 명 제대로 만난 적이 없는데 웃기네."

운정은 말을 흐리는 머혼의 표정을 살피더니 물었다.

"전에 엘프를 만나는 것이 곤란한 일이기도 하다고 하셨던 것이 기억납니다. 그 때문에 그렇습니까?"

머혼은 입술을 한번 매만지더니 결심했다는 듯 말했다.

"그게, 운정 도사께서는 아마 이해하기 어려울 것입니다. 인간과 엘프는 과거부터 꽤나 복잡한 관계에 있습니다."

"어떤 관계입니까?"

"우선 인간은 많은 지형에 걸쳐 살지만 엘프는 하나의 지형이 심화된 곳에 삽니다. 그러다 보니 가끔 중간 지대에서 마주칠 때가 많은 데, 그럴 때 대다수의 엘프는 인간을 죽이는 걸 주저하지 않습니다. 그냥 눈에 보이면 화살을 쏴 버린다니까요?"

"그것과 제가 엘프를 만나는 것이 곤란하다는 것과 무슨 상관이 있습니까?"

머혼은 다시금 힘겹게 말하기 시작했다.

"델라이의 수도에는 강이 있고 평야가 있고 숲이 있고 언덕과 산이 있습니다. 사실 인간이 번성하기 위해서는 다양한 지형이 뒤섞여야 하게 마련이죠. 그것을 다르게 말하면 델라이 수도 반경 50㎞ 내는 엘프가 살 수 있을 만큼 하나의 환경이 심화된 곳이 없습니다."

"……"

"운정 도사께서 어떤 엘프를 만나시는지는 모르겠지만, 엘프는 인간처럼 막 이리저리 돌아다니지는 않지 않습니까? 만약 운정 도사께서 엘프를 수도 주변에서 만나신다면, 아마 그 엘프는 이번에 수도 근처에서 새롭게 생긴 엘프족일 가능성이 높습니다. 그리고 그렇다면……"

운정은 머혼의 눈빛에서 살짝 스쳐 지나가는 기운을 느꼈다.

그것은 명백한 살기였다.

진하지 않았지만, 단호한 그런 종류.

운정은 나지막하게 물었다.

"그들을 학살하실 생각입니까?"

머혼은 운청의 예상을 깨고 전혀 너스레를 떨지 않았다.

조용한 목소리로 무언가 설명하듯 감정 없이 대답했다.

"우리로서는 어쩔 수 없습니다. 엘프는 식물과 동물을 같은 생명이라 생각하지 않습니다. 그놈들은 자신들이 이 세상의 모든 동물의 역할을 대신할 수 있다고 믿습니다. 우리가 환경을 파괴한다고 맨날 뭐라 하는데, 제가 봤을 땐 그들만큼 환경을 파괴하는 자들이 없어요. 아니, 지들 멋대로 조작을 한다고 해야 하나?"

"……."

"그런 그들에게 인간은 그저 조금 특별한 동물일 뿐이지요. 그저 배제의 대상인 겁니다. 만약 델라이 수도 가까이 엘프족이 생겼다면, 이르든 늦든 국민들과 충돌이 생길 것이고 많은 국민들이 다치거나 죽게 될 겁니다."

운정은 가만히 머혼을 보다가 말했다.

"엘프가 어떻게 번식하시는 줄 아십니까?"

"예?"

"엘프가 번식하는 방법을 아십니까?"

머혼은 영문을 모르겠다는 듯 운정을 보다가 말했다.

"모르겠습니다."

운정은 나지막하게 설명했다.

"그들에겐 하이엘프라는 자들이 있습니다. 일반 엘프들과 다른 점은 그들이 나중에 어머니 나무가 된다는 점입니다. 머혼 백작께서 말씀하셨던 것처럼 새로운 엘프족이 되는 것이지요. 그렇기에 그들은 어머니가 되기 위해서 씨앗을 모읍니다."

"씨앗이라 하면?"

"수컷의 체액을 말합니다."

"……."

"이상한 점은 하이엘프가 다양한 씨앗을 얻기 위해서 엘프가 아닌 다른 종족의 씨앗까지도 얻으려 한다는 것입니다. 다른 족의 엘프이든, 인간이든, 혹은 다른 동물까지인지… 솔직히 그 범위는 잘 모르겠습니다. 하지만 그들은 다양한 씨앗을 얻기 위해서 자신의 보금자리를 떠나 여행하는 것은 분명합니다."

"흐음."

"그들에겐 각자의 기준이 있어 원하는 씨앗을 얻을 때까지 위험을 마다하지 않습니다. 제가 만나려는 하이엘프는 기회가 되자마자 중원에까지 왔습니다. 차원을 넘어서라도 자신이 원하는 씨앗을 얻고자 한 것입니다."

머혼은 고요한 눈길로 운정을 바라보며 물었다.

"어떻게 그런 것을 아십니까?"

"그녀 본인을 통해서도 들은 것이 있고 이후 카이랄을 통해서 들은 것도 있습니다. 또한 제가 직접 찾아본 것도 있습니다. 종합해서 생각했을 때, 그렇습니다."

"그렇군요."

"그러니, 머혼 백작께서 염려하시는 일이 일어난 것은 아닐 겁니다. 절 찾아 온 그녀는 하이엘프이니 씨앗을 얻기 위해서 여행을 온 것일 테니까요. 수도 주변에 새로운 엘프족이 살진 않을 겁니다."

"……."

머혼은 더 말하지 않았다. 그러나 그의 표정은 어딘가 모르게 심각해져 있었다.

운정은 잠깐 마차의 창문을 열고 밖을 보았다. 이미 해가 진 시각이라, 숲속 이곳저곳에 숨은 오크들의 붉은 눈들이 보였다. 그들은 빠르게 움직이는 마차를 끊임없이 주시하고 있었다.

운정이 말했다.

"하나의 환경이 심화된 곳에 엘프가 생긴다는 건 무슨 뜻입니까?"

머혼은 자신을 향한 질문에 문득 고개를 들었다. 그러곤 잠시 자신의 생각을 멈추고 대답해 주었다.

"말 그대로입니다. 하나의 환경이 심화된 곳에 어머니 나무가 생기면 엘프화(Elvenize)가 진행된다고 합니다. 둘 중 뭐

가 먼저인지 모르지만, 아무튼 엘프들이 살 수 있는 환경이
되는 것이지요."

"예를 들면 어떻습니까?"

"뭐, 보편적으로는 숲의 엘프들이 있지요. 발구르 숲처럼 숲
의 전체면적이 일정 수준 이상이 되면 그 중심지부터 엘프화
가 이뤄져 요정숲이 됩니다. 그리고 그곳에 엘프가 출현하지
요. 그러다 보니 왕국 살림에서 가장 중요한 일 중 하나는 하
나의 환경이 심화되는 것을 막는 것입니다."

"숲 말고도 있습니까?"

"사막, 동굴, 호수 등등. 저도 자세히 알진 못하지만, 어떤
환경이 심화되면 거기에 맞는 엘프들이 나타나게 마련입니
다."

"아하, 그렇군요. 그건 몰랐습니다."

운정은 그렇게 말한 후, 다시 창밖을 바라보고만 있었
다.

머혼은 그런 운정의 옆모습을 보며 뭐라 말을 하려다가 곧
그만둬 버렸다.

그렇게 마차는 머혼의 저택에 도착할 때까지 어색한 침묵
속에 있었다.

마차가 서고 머혼이 먼저 내렸다. 운정이 따라 내리자, 머혼
이 그에게 말했다.

"바로 가십니까?"

운정은 고개를 끄덕였다.

"얼마나 걸릴지 모르겠습니다. 아마 꽤 오래 걸리지 않을까 합니다."

"그렇군요. 문은 열어 둘 테니 언제든 들어오십시오. 아, 그리고 일찍 오신다면 집에 다른 손님분이 있을 겁니다. 미리 알아 두시면 좋을 듯합니다. 그럼 편한 밤 되십시오."

머혼은 그렇게 형식적으로 인사하곤 터벅터벅 저택 안으로 걸어 들어갔다. 항상 미소로 일관하며 밝은 모습만을 보여 주었던 그의 차가운 뒷모습에 운정은 쉽사리 눈을 떼기 어려웠다.

"머혼 백작님은 엘프를 증오하십니까?"

로튼은 순간 그 말이 자신을 향한 것임을 몰랐다. 운정은 여전히 머혼을 바라보고 있었기 때문이다. 하지만 그곳에는 운정과 로튼 말고는 아무도 없었기에, 그에게 던진 질문일 수밖에 없었다.

로튼이 대답했다.

"그런 건 아닐 겁니다. 국익을 된다면 그들과 거래하려는 것도 고려하십니다."

"그런데 왜 그들을 학살하겠다는 생각을 그렇게 서슴없이 할 수 있는지 모르겠습니다."

오우거 때도 그렇고, 로튼은 운정이 이쪽에서 통용되는 '상식'이 전혀 없음을 다시 한번 느꼈다.

그가 말했다.

"그만큼 그들에겐 보금자리에 관해선 융통성이 없습니다. 타협이 일절 없기 때문에 그들을 수용하든 아니면 모두 죽이든 양자택일해야 합니다. 수도에 가깝다면, 관계된 귀족들의 이권 때문에 전자를 택하기 어려울 것입니다."

"……."

"잠깐 전해 드릴 것이 있습니다. 로드 머혼께서 직접 주셔야 하겠지만, 중요한 일을 앞두고 있어 잠시 잊으신 듯합니다. 이렇게 된 이상 제가 드리는 게 낫겠습니다."

그렇게 말한 로튼은 마부석에서 내려왔다. 그리고 마차 뒤쪽으로 간 뒤, 그곳에서 검 하나를 꺼냈다.

그 검은 망가져 버린 운정의 태극마검과 똑같은 형태를 가지고 있었다.

운정은 그것을 받았는데, 그의 생각보다 너무나 가벼워 검을 오히려 위로 휙 들어 버렸다.

"이것은?"

로튼이 말했다.

"왕궁에서 보내온 선물입니다. 로드 머혼께서는 언제 예를 갖춰서 정식으로 선물하려고 한 듯합니다만, 일단 무기가 없으시니 미리 드립니다."

운정은 그것을 왼손으로 잡고 검집에서 검을 뽑아 보았다. 그러자 은백색의 검신이 서서히 드러나면서 달빛을 깨끗하게 반사했다.

너무나 가볍다.

그리고 또 날카롭다.

운정은 더 이상 참지 못하고 내력을 불어넣었다. 그러자 그 검은 그의 내력을 수월히 받았는데, 얼마 받지 못하고 이내 윙윙거리며 떨리기 시작했다.

무게가 가볍다 보니, 내력을 담는 그릇도 작고, 때문에 금세 그 속에 다 차 버린 것이다.

운정은 바로 전까지도 초합금속 수십 개와 씨름을 했다. 그리고 그중 가장 그에 손에 맞았던 그것을 기억했다.

"미스릴 검(Mithril Sword)이군요."

로튼이 고개를 끄덕였다.

"손잡이와 검신이 이어지게끔 만들어 운정 도사께서 마나를 넣으시는 데 유용하게 했다 합니다. 그뿐만 아니라 그 어떠한 불순물도 섞이지 않은 순수 미스릴로, 파인랜드 최고의 대장장이인 타노스 자작이 심혈을 기울였으니 그보다 더 순수한 미스릴 검은 파인랜드 내에 없을 것입니다."

운정은 그것을 앞으로 들고 태극검법 기본 초식을 펼쳐 보았다. 무게도 무게지만 바람을 가르는 그 날카로움이 상상을 초월하는지 바람에 의한 저항조차 일절 느낄 수 없었다.

하지만 그 때문에 태극검법의 검세가 조금씩 흐트러지는 것을 느꼈다. 목검은 물론이고 속이 텅 빈 대나무보다 가볍다 보니, 검이 통제를 벗어나려 했다. 그렇다고 손에 힘을 주고 그 검을 강하게 잡자니, 그건 그것대로 태극검법의 묘리에서 벗어났다.

운정은 검법을 거두며 말했다.

"검 하나를 겨우 몇 시간 만에 이렇게 만들 수 있다니 대단합니다. 파인랜드에는 중원에 비해 뛰어난 기술들이 많이 있군요. 감사합니다."

운정의 포권을 보며 로튼은 잠시 말이 없다가 이내 털어놓듯 말했다.

"너무 감사하실 필요는 없습니다. 미스릴이 귀하기는 해도 도저히 못 구할 만한 것도 아니고, 또 순수한 건 너무 가벼워서 무기로 적합하지도 않습니다. 사실 델라이 왕국에서 주는 선물이라고 하기엔 모자란 감이 있지요."

운정은 왼손을 들었다. 그리고 미스릴 검신을 한 번 쭉 쓸며 말했다.

"가볍지만, 그렇기에 그만큼 적은 내력(NeiLi)으로도 발경(FaJin)을 할 수 있습니다. 중원에는 이처럼 가벼우면서 발경이 가능할 정도로 경도가 높은 물질이 없습니다. 이것에 익숙해지기만 한다면, 이토록 대자연의 기가 메마른 이곳에서도 발경을 자주 할 수 있겠습니다."

"하지만 그 뜻은 다시 말하면 그만큼 약해진다는 것 아닙니까?"

운정은 그 질문을 듣자 사부님이 해 준 말이 떠올랐다.

譬如人戴一車兵器弄了一件又取一件來弄便不是殺人手段,我則只有村鐵便可殺人.

그는 간단히 공용어로 번역했다.

"1m의 롱소드(Long Sword)에도 사람은 죽을 수 있지만, 1cm의 대거(Dagger)에도 사람은 죽을 수 있습니다. 약해졌다면 그만큼 정확하면 됩니다."

운정은 검집에 미스릴 검을 넣었다. 그러자 그르릉거리는 울림이 있었다. 검집 또한 보통 재질로 만들어진 것이 아닌지, 마치 야수가 사냥을 마치고 포효를 지르는 것 같았다.

운정은 그것을 허리에 차고는 로튼에게 말했다.

"그럼 전 가 보겠습니다."

운정의 포권을 보자, 로튼은 짧게 고개를 끄덕였다. 운정은 몸을 돌려 숲으로 들어갔고, 로튼은 마차를 몰고 저택 안으로 들어갔다.

운정은 숲속을 나아갔다.

"취이익."

"취이익."

숲 안 이곳저곳에서 오크의 울음소리가 울렸다. 그것만 들으면 당장에라도 공격할 것 같았지만, 그들은 일정 반경을 두고 절대로 접근하지 않았다. 살벌하게 빛나는 붉은 눈빛 수십 개만이 운정을 따라 배회할 뿐, 그 외에 특별한 움직임은 보이지 않았다.

운정은 눈에 내력을 불어넣고는 지난밤 그가 움직였던 흔적을 찾았다. 그리고 곧 제운종의 흔적을 발견할 수 있었다. 그리고 그것을 보며 운정은 새삼스레 자신의 상태에 대해서 자각할 수 있었다.

마기로 움직였던 발자국은 투박하기 이를 데 없었다. 본래 제운종이 가지고 있는 묘리를 전혀 찾아볼 수 없었고 대신 거친 마공의 흔적만이 고스란히 남아 있었다. 제운종을 모르는 무림인이 봤다면, 십중팔구 마공을 기반으로 한 경공이라 생각했을 것이다.

운정은 살포시 눈을 감고 자기 자신의 안을 돌보았다. 악존을 상대하느라 선인화를 감행한 탓에, 단전에 남아 있는 건기와 곤기는 바닥을 보이고 있었다. 마나스톤에 담긴 기운을 순수한 건기와 곤기로 정제하자, 그나마 태극마심신공의 마기로부터 기혈을 보호할 만큼의 양만을 회복할 수 있었다.

이대로 또다시 선인화를 감행한다면, 제대로 이뤄지지도 않은 채 건기와 곤기가 완전히 바닥이 날 것이고, 그러면 오로지 태극마심신공만이 운용될 것이다. 이는 곧 그의 정신이 마성에 젖게 된다는 뜻이다.

태극지혈 없이 단순히 삼합사령마신공으로는 절정이 한계다.

"후우……."

운정은 잠시 멈춰 섰다.

그리고 어둡기 그지없는 주변을 찬찬히 바라보았다.

그를 바라보는 붉은 눈빛들은 은은한 공포감을 조성했는데, 운정은 그것이 서서히 마음속에 침투하려는 것을 느꼈다.

선인일 때.

그리고 언제든 선인으로 돌아갈 수 있을 때.

그때와 지금은 또 다르다.

지금은 선인으로 돌아가면 마성에 젖게 된다.

그 부끄럽고 추악한 모습이 된다.

운정은 찬찬히 눈을 감았다.

돌아간다?

돌아가는 것이 아니다.

지금의 내가 진짜 나다.

선인인 내가 진짜 나라 착각하니 불안한 것이다.

선인으로 서둘러 돌아간다 하니 어려운 것이다.

지금이 나다.

지금이.

그는 눈을 떴다.

그러자 눈동자 속에서 은은한 마기가 흘러나왔다.

하지만 그의 눈빛은 선하기 그지없었다.

그는 다시금 걸음을 옮기기 시작했다.

"취이!"

"취이익!"

운정의 눈길이 닿은 곳에서 다급한 소리가 연신 울리더니, 그를 바라보던 붉은 눈빛들이 모조리 달아나 버렸다. 운정이 눈길을 돌려 다른 곳을 보니, 역시 그곳에 있었던 붉은 눈빛들도 같은 소리를 사라졌다.

"어떻게 하셨죠?"

운정은 나무 위에서 들리는 소리에 고개를 들었다.

시르퀸은 그곳에서 막 뛰어 아래로 내려왔다.

"나무 위에 계셨습니까? 전혀 몰랐습니다."

시르퀸은 고개를 끄덕였다.

"숲의 축복이에요. 몬스터들로부터 숨기 위함이었지, 당신으로부터 숨으려던 것은 아니에요. 그런데 방금 어떻게 하신 건가요?"

"무엇을 말입니까?"

시르퀸은 주변을 다시금 둘러보더니 말했다.

"오크들을 사라지게 하셨잖아요."

"제가요?"

"예, 오크들은 두려운 상대를 만나면 먼저 공격하지 않지만, 그렇다고 사라지지도 않아요. 두렵기 때문에, 항상 거리를 두고 감시하죠."

운정은 시르퀸처럼 주변을 보더니 말했다.

"일정 거리라는 것은 상대에 따라 변하겠지요. 만약 항상 거리를 두고 감시한다면, 정말로 사라진 것이 아니라 거리를 더 둔 것일 뿐일 겁니다."

"숲 안에서, 제 눈에도 보이지 않을 정도의 거리라면… 사라졌다고 봐도 무방하죠."

"그렇군요."

시르퀸은 운정을 보곤 화사하게 웃었다.

"공용어가 확연히 느셨네요."

운정도 시르퀸처럼 웃었다.

"한번 들은 단어는 잊히지 않고, 모르는 단어도 대강 그 뜻을 유추하면 그 의미가 항상 맞습니다. 어떤 마법적인 도움이 있는 듯합니다."

시르퀸은 손 하나를 앞으로 뻗으며 말했다.

"마법은 언어에 그 핵심이 있으니까요. 제 손을 잡으시겠어
요?"

운정은 그 의미가 무엇인지 잘 알고 있었다.

"축복을 나눠 주시려는 겁니까?"

시르퀸은 고개를 끄덕였다.

"축복이 없이 가기에는 너무 먼 곳이라."

"얼마나 걸립니까?"

"축복 아래에선 십 분도 채 걸리지 않을 거예요."

운정은 그녀의 눈빛에서 어떠한 적의도 느낄 수 없었다.

그는 그녀가 내미는 손을 잡았다. 그러자 시르퀸은 걷기 시
작했고, 운정도 그녀를 따라 걸었다.

그리고 주변 환경이 갑자기 뒤로 움직이기 시작하더니, 어
느새 이 세상의 모든 것이 모두 기다란 선이 되어 앞에서 뒤
로 쭉 이어졌다.

운정은 전에 카이랄과 함께 숲의 축복 아래에서 걸음을 걸
은 적이 있었다. 하지만 그때와는 비교도 할 수 없는 속도로
움직이는 것이 분명했다.

시르퀸이 말했다.

"주변을 너무 신경 쓰지 말고 걸어요. 축복 아래 있다면 숲
에 존재하는 그 어떠한 것과도 충돌하지 않아요."

운정은 시르퀸이 축복에 있어선 카이랄과 비교도 할 수 없는 고수임을 짐작할 수 있었다. 그렇다면 카이랄보다 더욱 깊은 답을 줄 수도 있을 것이다.

운정이 물었다.

"축복이 무엇입니까? 마법과 무공과는 어떻게 다릅니까?"

그 질문을 들은 시르퀸의 얼굴에는 모호한 표정이 떠올랐다. 그녀의 다리는 걸음을 멈추지 않았다. 하지만 그녀의 입은 살짝 벌어졌다. 그녀의 눈동자는 기본적으로 위를 향한 채 좌우로 느리게 흔들렸다.

"흐음, 글쎄요. 한 번도 생각해 본 적은 없어요."

"생각해 본 적이 없다?"

"예, 축복을 받았으니 사용하는 것일 뿐이니까. 이 원리에 대해서 탐구하는 것은 제 일이 아니기도 하고."

운정은 호기심이 강하게 이는 것이 느껴졌다,

"그렇다면 처음에 어떻게 얻게 된 것입니까?"

이제 그녀는 입술을 살짝 물기도 하고, 눈을 반쯤 감기도 했다.

"어떻게 얻었다라고 말하기 어려워요. 시간이 지나면서 자연스레 얻게 된 것이니까."

"축복을 누리게 된 그 처음을 기억하기 어렵습니까?"

"마치 언제 처음 몸을 움직였냐고 물어보는 것과 같다고 해야 할까요? 갓 태어났을 때도 분명 움직이긴 했죠. 그리고 나이가 들면서 더 복잡한 움직임이 가능해질 뿐이에요. 그러니 언제 처음 움직였나 말하기는 어렵지 않겠어요?"

운정은 질문을 바꿔보았다.

"그래도 처음 걷는 것, 혹은 처음 달리는 것, 혹은 처음 검을 휘두르게 되는 것, 그것들에는 처음이 있습니다. 움직임 자체는 시작이 없을지 모르지만, 그러한 순간들이 있지요."

"임계점(Critical point)을 말하는군요."

"예."

온통 아리송했던 시르퀸의 표정에 작은 깨달음이 떠올랐다.

"그러고 보니, 한 번은 숲을 달리는데 다른 엘프족의 숲에서 그 족의 엘프와 만난 적이 있었죠. 남자였기에 다행이었지, 여자였으면 분명 목숨을 잃었을 거예요. 그리고 또 그때. 중원으로 넘어갔을 때 말이에요. 그것도 축복의 임계점이라면 임계점이겠어요."

"차원이동 말입니까?"

시르퀸은 고개를 끄덕였다.

"차원이동은 차원 사이에 뿌리를 내리는 세계수(World Tree)의 도움이 필요하긴 하지만, 숲의 축복을 진하게 받지 않으면 안 되니까요. 그때 처음 숲의 축복을 받아 차원이동을 해 보았으니, 그

때도 임계점이라고 할 수 있겠어요."

운정은 카이랄이 그 차원이동 방법이 오로지 하이엘프만이 할 수 있다고 말한 것이 기억났다. 이제 보니 정확하게는 숲의 축복을 진하게 받는 엘프만이 가능한 것 같다.

혹은 그 둘이 동의어든가.

운정이 물었다.

"그럼 그것은 수련으로 얻는 것이 아닙니까? 그저 타고나는 것이로군요."

시르퀸은 대답했다.

"흐음, 꼭 선천적으로 얻는다고 할 수 없어요. 축복은 마치 마법과도 같지만 마법과 너무나 다른 면도 있죠. 수련으로 얻을 수 있다고도 혹은 없다고도 할 수 있겠어요. 마법처럼 깨달아야 하는 것이죠. 아니, 느껴야 하는 거예요."

"어떻게 느낄 수 있습니까?"

시르퀸은 고개를 흔들며 말했다.

"당신도 인간이긴 하군요. 확실히 처음 보았을 때보단 인간 냄새가 많이 나요. 말하는 것도 그렇고."

"……"

운정이 말이 없자, 시르퀸이 말을 이었다.

"축복은 어디까지나 받는 것이지, 만드는 것이 아니니까, 받는 당사자가 주체가 되지 않아요. 당신이 하는 게 아니에요.

당신은 받을 뿐."

운정은 그 말을 정확하게 이해할 수 없었다. 하지만 일단 그가 무언가를 이룸으로 받을 수 없다는 것만큼은 알 것 같았다.

그는 언뜻 주변에서 보이는 선들이 점차 굵어지는 것을 느꼈다. 그리고 그의 느낌대로 선들은 그 형태를 점차 갖추기 시작했고, 곧 그들은 숲속 한가운데 도착해 있었다.

운정은 갑자기 콧속을 찌르는 산 내음에 호흡이 어려워짐을 느꼈다. 냄새가 너무 진하다 보니 정작 공기가 적게 들어오는 기분이 들었다.

그뿐만이 아니었다. 그가 고개를 들자, 별과 달이 있어야 하늘이 전혀 보이지 않았다. 대신 울창하기 그지없는 나뭇가지와 나뭇잎이 마치 건물의 천장인 듯 그들이 있는 공간을 덮고 있었다. 그리고 그나마 빛이 새어 드는 곳은 묘한 보랏빛이 일렁이며 그 뒤에 있을 밤하늘을 조금도 보여 주지 않았다.

그 나뭇가지와 나뭇잎으로만 이루어진 천장은 짐작할 수조차 없이 높았다. 고개를 빳빳이 들고 하늘 위로 쭉 뻗은 나무의 끝을 보려 해도 두 눈의 초점이 이내 풀려 버렸다.

그뿐이랴. 그들이 서 있는 땅 위로는 수없이 많은 나무뿌리가 모세혈관처럼 꼬불꼬불 튀어나왔다. 그리고 그 사이사이를 낙엽이 메꾸고 있어, 돌과 흙이 보이지 않았다.

오로지 나무로만 이루어진 세계.

시르퀸이 운정을 돌아보며 말했다.

"도착했어요. 바르쿠으르(Barr'Kuoru)에 오신 것을 환영해요."

운정은 주변을 둘러보다가 말했다.

"나무로군요. 오로지 나무."

시르퀸은 양팔을 살며시 펼치더니 양 눈썹을 들어 올리며 편안한 표정을 지었다.

"이 세상에 언어가 생기기 전부터 존재했던 태고의 나무, 바르(Barr)는 파인랜드에 존재하는 모든 요정족 중에 가장 많은 종족이에요. 그리고 이곳 바르쿠으르는 모든 바르 종족 중 두 번째로 가장 크죠. 저희 어머니는 셀 수 없는 시간 동안 살아오셨답니다."

운정은 몸을 숙이며 제자리에 앉았다. 그리고 수북이 쌓여 있는 낙엽을 이리저리 헤치며 그 아래 있을 땅을 보려 했다. 하지만 결국 나오는 것은 난잡하게 뒤섞인 나무뿌리뿐이었다.

운정이 말했다.

"이 나무 바르 외는 아무것도 없습니까? 하늘도 땅도 없는 것 같습니다."

"당신의 영혼에 머물고 있는 엘리멘탈들은 뭐라고 말하

나요?"

운정은 고개를 들었다.

그곳엔 그를 사랑스럽게 내려다보고 있는 시르퀸이 있었다.

그는 자리에서 일어나며 그녀를 마주 보고 말했다.

"제 엘리멘탈이 느껴지십니까?"

시르퀸은 고개를 살짝 흔들며 자신의 긴 머리카락을 앞으로 오게 했다. 그러곤 그곳을 양손으로 살살 쓰다듬자, 그 안에서 한 작은 소녀가 얼굴을 빼꼼 내밀었다.

시르퀸이 말했다.

"이 아이가 알려 주었어요. 너무 신기하다고 하네요."

그 실프는 운정을, 정확하게는 운정의 심장과 단전을 요리조리 보고 있었다. 그러다 문득 운정이 자신을 바라보고 있다는 걸 깨닫자, 화들짝 놀라면서 휙 하늘 위로 날아올라 운정의 얼굴 앞에 나타났다.

그 실프는 운정에게 뭐라 뭐라 말을 했지만, 운정은 아무런 소리도 들을 수 없었다.

"뭐라고 말하고 있습니까?"

시르퀸은 약간 의문스러운 표정을 지으며 되물었다.

"실프의 말이 들리지 않으신가요?"

"예, 아직 엘리멘탈을 완전히 패밀리어로 삼지 못했습니다.

아직 제 속에 품고 있을 뿐이지요. 자신을 잃어버릴 정도로 정신을 집중하지 않으면, 현세에 부를 수 없습니다."

시르퀸의 동공이 크게 확장되었다.

"정말이요? 실프의 말로는 당신은 폭풍과 지진을 배 속에 품고 있고 화산과 홍수를 심장에 가두고 있다고 해요. 그 정도로 막강한 네 엘리멘탈들을 부리면서 어떻게 소환할 수 없다는 것이죠?"

"아직 정식으로 마법사가 되지 못했습니다. 지팡이도, 패밀리어도, 또 핸즈프리즈(Hands—Freeze)도 못합니다. 엄밀히 말해서 어프렌티스(Apprentice)에 머무르고 있지요."

시르퀸은 잠시 말을 잇지 못하다가 입을 달싹거렸다. 그러자 실프도 시르퀸과 같은 표정을 지으며 운정과 그녀를 번갈아 보다가 휘익 운정의 단전 쪽으로 날아들었다.

그러고는 마치 문에 기별을 고하듯, 손을 들고 운정의 단전 위를 통통 쳤다. 그리고 귀를 단전에 대고 있었는데, 아무런 반응도 없자, 다시 손으로 쿵쿵 때리고는 귀를 대었다. 두 번을 반복해도 결과가 같자, 그녀는 볼을 뾰루퉁하게 하더니 화난 표정으로 운정을 올려다보았다.

운정은 작은 미소를 짓더니 말했다.

"나중에 운기조식을 할 때는 대화할 수 있을 거야."

그 말을 들은 실프는 또다시 뭐라 뭐라 하더니 휙 하고 시르퀸에게 날아들었다.

그녀는 손가락으로 머리카락을 길게 늘어뜨리고 한 가닥씩 흘려보냈는데, 실프는 그 사이를 마치 커튼처럼 뚫고 그대로 사라져 버렸다.

시르퀸이 말했다.

"이곳엔 바람도 땅도 불도 물도 없어요. 하지만 모든 것의 근원이 되는 마나는 있죠. 때문에 마법적으로 존재할 수는 있어요."

운정은 그 말을 듣고 눈을 감아 보았다. 확실히 기감을 통해서 느껴지는 대자연의 기운이 있었다. 비록 델라이 수도처럼 메마르진 않았지만, 그래도 폭포수와 같은 중원과 비교하면 잔잔한 시냇물이 흐르는 정도였다.

운정은 고개를 들었다. 나뭇잎에 완전히 가려진 하늘에선 묘한 보랏빛이 났고, 그 빛이 은은하게 세상을 밝히고 있었다. 하지만 그렇다고 세상이 보랏빛으로 보이지는 않으니, 어떤 부자연적인 힘이 작용하는 것이 틀림없었다.

"경공을 펼쳐 하늘로 올라가 보시는 건 언제든 하셔도 좋아요. 하지만 저희를 기다리는 분들이 있어요."

운정은 자신의 마음을 읽은 시르퀸을 보았다. 그녀는 몸을 돌려 어디론가 향하고 있었다. 전에 카이랄이 말했던 것처럼, 엘프는 사람의 표정을 잘 읽는 것 같다.

운정은 그녀를 따라 천천히 걸었다.

그렇게 얼마나 지났을까? 계속해서 똑같은 배경이 이어졌다. 어쩔 때는 길을 잃어 다시 처음으로 되돌아온 것이 아닌가 하는 생각까지 들 정도였다. 동일하게 생긴 거대한 나무들이 띄엄띄엄 박혀 있고, 지형도 전혀 변하질 않으니 방향감각이 마비되는 기분이었다.

하지만 적어도 무수한 휘장과도 같은 버섯 속보다는 훨씬 나았다.

운정이 그런 생각을 할 때쯤, 그들은 한 엘프를 마주쳤다. 얼굴만 놓고 보면 시르퀸과 정말 똑같았다. 하지만 이상하게도 시르퀸에게 느껴지는 황홀한 아름다움은 전혀 없었다. 오히려 인간의 이목구비와 조금 어긋난 듯한 비율 때문에 이상하게 느껴질 뿐이었다.

그녀는 무표정하게 시르퀸을 보다가 그 뒤에 따라오는 운정을 보자, 금세 얼굴에 살심이 드러났다.

그녀의 머리카락 뭉텅이가 붕 떠오르더니, 시위 없는 그녀의 활에 탁 안착해서 활시위가 되었다. 그것을 재빨리 양손으로 붙잡은 그 엘프는 운정을 겨냥해서 활시위 겸 머리카락을 잡아당겼는데, 어찌나 강한 힘인지, 활의 양 끝이 서로 닿을 지경이었다.

시르퀸이 그 엘프에게 손 하나를 들며 엘프어로 말했다.

"Wakedifohusalaemefidomula cheofamefi qakedekitoduja, Rakeledijosu."

그 말을 듣자, 그 엘프의 눈에서 살기는 사라졌다. 하지만 경계심은 여전히 가득해 언제든 화살을 쏠 것만 같았다.

그녀는 몇 번 고개를 갸웃하더니 운정에게 공용어로 말했다.

"어디 인간이지? 못 보던 얼굴인데."

운정이 말했다.

"중원(ZhongYuna)."

"들은 적이 없는데 새로 생긴 나라인가?"

시르퀸이 설명했다.

"이곳과 다른 차원의 인간이야. 엘프가 없는 세계."

그 엘프는 이제 이해했다는 듯 고개를 끄덕였다. 그녀는 고개를 한 번 흔들어 머리카락을 등 뒤로 보내며 활을 거두었다.

"Dakefiroputatemiqosuleka."

그녀는 그렇게 가던 길로 걸어갔다.

아마 그 엘프가 시르퀸이 아니라 운정을 먼저 발견했다면, 분명 화살을 쏘았을 것이다.

이상하게도 운정은 그런 확신이 있었다.

그렇게 또 한참을 걸었다. 그러다가 특이한 나무 하나가 나왔다. 이 숲에 끝없이 이어지는 나무들은 서로 아무런 차이가 없었는데, 그 나무는 뿌리맡에 사람 다섯 명은 충분히 들어갈 수 있을 만한 거대한 잎사귀가 무릎 정도 높이에 둥실 떠 있었다. 그리고 한쪽 끝에 긴 줄기가 위쪽으로 이어졌는데, 나뭇잎이 가로로 누워 있는 탓에 다른 쪽 끝에 투명한 실이 달려 있는 것이 아닌가 하는 생각을 자아내게 했다.

시르퀸은 그 위로 올라갔고, 운정을 향해 말했다.

"거의 다 왔어요. 올라오세요."

운정도 그 위로 올라오자, 시르퀸은 줄기를 붙잡고는 말했다.

"Dahefifokurakeriho tulavedijoduya."

그러자 잎사귀가 한번 둥실 떠오르더니, 천천히 하늘 위로 올라가기 시작했다. 시르퀸은 중심을 잡기 위해서 오른손으로 줄기를 꽉 붙잡고 왼손으론 운정을 향해서 뻗었다. 그 또한 잡아주기 위함인데, 운정은 너무나 편안한 자세로 선 채 그녀의 손을 보고 물었다.

"축복을 나누어 주려고 하십니까?"

시르퀸은 운정의 두 다리를 보았다. 지진이 난 것처럼 울렁거리는 나뭇잎 위의 진동이 그 두 다리로 전해지고 있었지만, 그의 양 무릎은 그 진동을 자연스럽게 흡수해 상체까지 전해지지 않게 하고 있었다. 때문에 그는 두 땅에 서 있는 것처럼 편안하게 있던 것이다.

"아니에요."

시르퀸은 놀람을 속으로 감추며 손을 거두었다.

그렇게 빠른 속도로 올라 무수히 많은 잎사귀 천장에 닿을 때쯤, 속도가 급감했다. 그리고 나뭇잎이 완전히 멈췄을 때는, 딱 그 잎사귀 천장을 뚫고 나간 직후였다.

그곳은 또 다른 세계였다.

온통 보랏빛이 가득한 그곳에는 마치 사람이 머무르는 집처럼 생긴 건물들이 가득했다. 하지만 그 건물들을 자세히 보면 모두 나무로 이뤄져 있다는 것을 알 수 있었다. 억지로 나무를 잘라 만든 것이 아니라, 나무가 자연스럽게 집의 형태로 자라난 것 같았다.

그리고 그 안과 밖에서 몇몇 엘프들이 자신들의 일을 하거나, 혹은 다른 곳으로 움직이고 있었다. 그들은 나뭇잎을 통해 나타난 운정과 시르퀸에게 잠깐 시선을 주었지만, 이내 자신들이 하는 일로 되돌아갔다.

시르퀸은 그녀 앞에 길게 뻗은 나무줄기에 올라가서 운정에게 말했다.

"앞으로는 줄기 위로 걸어야 해요. 나뭇잎으로 가려졌을 뿐 땅이 없으니 조심하세요. 주변에 너무 시선을 빼앗기지 마세요."

운정은 고개를 끄덕이곤 시르퀸을 뒤따라 걸었다.

줄기는 마구잡이로 꼬여 있었다. 이 나무에서 저 나무로 가는 건 예삿일도 아니고, 때로는 한 나무줄기를 통째로 뚫고 갈 때도 있었으며, 어떨 때는 누군가의 집 안을 지나갈 때도 있었다. 그 안에 살고 있는 것으로 보이는 엘프들은 운정과 시르퀸이 지나갈 때 잠깐 시선을 주었지만 그들 또한 자기가 하던 일로 돌아갔다.

그렇게 그들은 가장 높은 곳까지 올라갔고, 그곳엔 거대하기 짝이 없는 열매가 있었다. 그 크기만 놓고 보면 천마신교 대전을 그대로 옮겨놓은 것 같았다.

"안에 12장로께서 계세요. 그들께서 직접 대화하고 싶어 하세요."

시르퀸은 그 한쪽에 나 있는 줄기를 통해서 그 안으로 들어갔고, 운정도 곧 그녀를 뒤따라 들어갔다.

그 안에는 역시 시르퀸과 동일한 생김새를 하고 있는 엘프들이 있었는데, 총 12명이었다. 그들은 일정한 간격을 두고 둥그렇게 선 채로 눈을 감고 있었는데, 운정이 안으로 들어오자 일제히 눈을 뜨면서 운정을 바라보았다.

운정은 자신을 바라보는 12쌍의 눈에서 제각각의 감정이 느껴졌다. 기쁨, 슬픔, 분노, 즐거움 등등. 희로애락보다 세 배는 더 다양한 열두 감정이 그를 주시했다.

시르퀸이 말했다.

"Waleriwojuqa eogehikogukateliroputadejidoyu?"

"Xahedidourudamefi qonuxakerigokuseka."

12장로가 한목소리로 대답하자, 마치 동굴에서 말한 것처럼 메아리쳤다. 그뿐만 아니라 열매 전체가 떨리면서 마치 신이 말한 듯한 느낌을 주었다.

시르퀸이 다시 말했다,

"Rahedidoyudadejifomufa gekifo wunafe dikofudakediyo."

그러자 12장로가 공용어로 말했다.

"공용어를 한다니 그럼 대화가 쉬워지겠군. 자, 그럼 운정, 자네가 이곳에 온 이유가 무엇인지 아는가?"

운정은 고개를 저었다.

"모르겠습니다."

그들은 일제히 시르퀸을 보며 말했다.

"말하지 않았는가?"

시르퀸은 역시 공용어로 대답했다.

"묻지 않기에 답하지 않았습니다. 아니, 궁금해하지 않았기에 답하지 않았습니다."

12장로는 똑같이 의문스럽다는 표정을 지으며 운정을 보았다.

"왜 궁금하지 않았지? 자네가 인간이라면 보통 궁금해할 텐데?"

운정은 선뜻 대답하기 어려웠다.

그러고 보니 그는 시르퀸의 인도에 마땅한 의문을 품은 적이 없다. 보고 싶다고 했고 그래서 만났으며, 어디론가 가야 하겠다고 했고 그래서 왔다.

운정이 말했다.

"시르퀸은 제게 해악을 끼칠 생각도, 의지도 없다고 생각합니다. 그래서 그녀가 가자고 하는 곳에 간다 한들 제게 위험이 생기진 않겠다고 생각했었습니다."

"하지만 여전히 궁금증을 품을 만하지 않은가? 무엇을 할지 말이야."

운정은 고개를 갸웃했다.

"글쎄요. 궁금하고 또 조금은 설렘도 있었습니다만, 어차피 알게 될 것이니 미리 알 필요가 없어서 묻지 않은 듯합니다."

12장로의 눈이 날카로워졌다.

"중원의 인간들은 다 그런가?"

"그렇지 않습니다. 제가 특이한 것이겠지요. 대부분의 사람은 궁금해할 겁니다."

12장로는 서로를 바라보며 눈빛을 교환하더니 곧 운정을 향해 말했다.

"일단 그 점은 넘어가고, 우리가 시르퀸을 통해 자네를 보고자 한 이유에 대해서 설명하겠네. 몇 가지 질문이 있지만, 이를 모두 답해 준다면 우리 또한 자네가 궁금해하는 것을 답변해 주겠네. 서로 지식과 지혜를 교환하도록 하지."

"제가 궁금해하는 것이라면?"

"엘프에 대해서 크나큰 호기심을 가지고 있다고 들었는데, 아닌가?"

운정은 잠시 12장로들을 훑어보다가 곧 대답했다.

"맞습니다."

"자네와 우리 간의 신뢰는 아직 형성되어 있지 않았으니, 서로 한 번씩 질문을 주고받는 것은 어떤가?"

운정의 두 눈이 묘하게 아래로 향했다. 그는 손으로 앞머리를 한 번 짚더니 말했다.

"예, 좋습니다."

12장로는 조금 힘없이 말하는 그를 주시하며 물었다.

"첫째로, 자네가 온 엘프가 없는 세계. 그곳에는 정말로 엘프가 없는가? 우리 쪽에선 아직 중원의 엘프과 조우하지 못했네. 하지만 엘프의 특성상 서로 다른 족속끼리는 만나기 극히 어렵지. 그래서 혹시나 중원의 인간은 알지 않을까 해서 말일세."

운정은 대답했다.

"없다고 생각합니다. 인간 외에는 퍼슨(Person)이 없습니다. 있다고 해도 요괴나 귀신 정도인데, 그들은 파인랜드의 엘프처럼 이렇게 뚜렷하게 실존하지 않는 존재들이니, 퍼슨이라 하기 어렵습니다."

"아, 그럼 몬스터는 있는 것이로군."

운정은 고개를 살짝 흔들었다.

"몬스터라고 하는 것도 맞지 않는 듯합니다. 달, 달이라… 흐음. 요괴와 귀신이 밤에 나타난다는 것은 맞지만, 몬스터처럼 달에 의해서 출몰하거나 하지 않습니다."

전에 로튼이 운정에게 몬스터에 대해서 설명해 주기를, 몬스터는 각자의 달이 있어, 그 달이 떠오르는 밤에만 출몰한다는 것이다. 중원의 달은 하나고 그 달은 매번 뜨니 요괴가 몬스터와 비슷하다고 하기엔 무리가 있었다.

아니, 정말 무리가 있는 건가?

12장로 중 또 다른 한 명이 말했다.

"그럼 엘프는 없다고 봐야 하겠군."

운정은 고개를 끄덕였다.

"예."

"자, 그러면 자네는 무엇을 묻고 싶은가?"

운정은 12장로들을 번갈아 보며 잠깐 고민하더니 물었다.

"델라이 왕국에서 부탁한 일이긴 한데, 혹 바르쿠으르에서 천마신교와 교류할 생각이라면 델라이 왕국을 통해서 하는 것이 어떤지 의사를 묻고자 합니다."

"델라이 왕국을 통해서? 교류하고자 하면, 직접 하는 방법도 있을 텐데, 왜 굳이 델라이 왕국을 통해서 하자는 것인가?"

운정은 잠시 눈을 감고는 말했다.

"제가 느끼기론 천마신교에선 엘프에게 상당한 반감을 가지고 있습니다. 이미 중원에 자리 잡은 엘프의 세력과 반목하고 있는 상태라서, 엘프라면 일단 믿지 못하는 듯싶습니다. 델라이 왕국이 중간에 없다면 어려울 수도 있습니다."

그의 말이 끝나자 다른 장로가 말했다.

"안 그래도 중원과의 연이 없어서 천마신교와 교류하는 것이 좋겠다는 판단을 우리들끼리 하긴 했었네. 우리에게 교류할 의사가 있다는 것을 전해 주고 서로 교류할 만한 것을 운정께서 전해 주시게."

"……."

"운정?"

운정은 고개를 옆으로 들고 자신의 이름을 부른 시르퀀을 보았다. 그녀가 걱정스러운 표정을 짓고 있자, 운정은 작은 미소를 지으며 그녀를 안심시키려고 했다.

"괜찮습니다. 잠깐… 이상한 생각이 들어서."

"정말 괜찮아요?"

"예. 괜찮습니다. 장로님들께서 또 물으실 것이 있다면 물어보십시오."

그러자 지금까지 한 번도 말하지 않은 한 장로가 말했다.

"차원이 다르다고 해서 엘프가 존재하지 않을 리 없네. 시르퀸의 보고에 의하면 중원에서 숲의 축복을 활용했다는 점과 세계수의 씨앗이 자라난다는 점, 이 둘을 봐도 분명 엘프가 있었던 것이지. 다시 말하면 그곳에선 엘프가 살 수 없게된 이유가 있을 것이네. 그것이 무엇인지 운정께서는 유추하실 수 있겠나?"

운정은 그 말을 듣고는 잠시 고민하더니 말했다.

"제가 알기로는 엘프는 환경이 심화된 곳에서 산다고 들었습니다. 중원의 환경은 파인랜드처럼 심화되지 않았기 때문 아니겠습니까?"

"그곳은 요트스프림(Yottspreme)의 입구가 건설되었으니, 엘프가 살 정도의 심화가 이뤄지긴 한다고 봐야 하네."

"요트스프림? 아. 카이랄의 고향을 말하시는군요."

"고향? 뭐, 그렇게 말할 수 있지."

"아, 맞아. 그런 일이……."

운정이 고개를 숙이고 중얼거리자, 장로들은 시르퀸을 향해서 고개를 까딱했다. 그러자 시르퀸은 운정에게 다가와서 그의 어깨를 툭 건드렸다.

운정은 화들짝 놀라며 그녀를 보았고, 시르퀸은 포근한 목소리로 말했다.

"괜찮으시죠?"

운정은 눈을 몇 번 깜박이더니 말했다.

"예, 잠시… 뭔가 생각이 나서. 아, 아무튼. 그 엘프가 왜 중원에 살지 않는지는 모르겠습니다. 차원이 다르기 때문이다, 그 차이밖에는 설명할 길이 없는 듯합니다."

그 질문을 했던 장로가 입술을 한번 굳게 닫고는 말했다.

"차원이 다르다는 건 이유가 될 수 없네."

그러자 지금까지 가장 말을 많이 했던 장로가 말했다.

"어찌 되었든 운정은 그 이유를 유추할 수 없는 듯하니 넘어가도록 하지. 자, 운정, 우리에게 또 물어볼 것이 있는가?"

운정이 즉시 물었다.

"이곳에 올 때, 한 여성 엘프와 마주쳤습니다. 그런데 그 엘프는 저를 보곤 바로 죽이려 했습니다. 하지만 이곳에 올라와서 다른 엘프들을 마주했을 때는 제게 아무런 관심도 없는 듯했습니다. 왜 그렇습니까?"

"각자 하는 일이 다르기 때문이네."

운정은 순간 눈초리를 모았다. 머릿속으로 스쳐 지나가는 것이 있었기 때문이다.

"가, 가디언(Guardian)? 가디언입니까? 저를 공격하려 한 엘프는."

"와쳐(Watcher)네. 와쳐는 우리들의 보금자리 안에서 우리를 보호하고, 가디언은 보금자리 밖에서 주로 활동하지."

"코, 콜렉터(Collector)는 뭡니까? 가디언이 경험을 쌓으면 콜렉터가 되는 것입니까?"

12장로들은 잠시 서로를 바라보다가 한 장로가 말했다.

"새로운 지식을 찾는 일을 맡은 자지. 시간의 변화에 엘프가 맞춰 가기 위해서는 콜렉터의 역할이 매우 중요하다네. 일족의 미래를 책임지지. 그리고 가디언과 콜렉터는 전혀 상관이 없네."

"……"

"엘프 사회에 대해서 꽤 잘 알고 있군."

운정은 눈을 확 감았다. 뭔가 머리 뒤쪽으로 계속해서 기어 올라오는 무언가가 그의 생각을 어지럽혔기 때문이다.

그런 그를 보며 장로 중 한 명이 말했다.

"세 번째로 묻고 싶은 것은 바로 자네가 영혼에 붙들고 있는 네 엘리멘탈들이네. 어떻게 두 엘리멘탈도 아닌 네 엘리멘탈을 함께 품을 수 있게 되었는가?"

운정은 눈을 떴다. 그리고 곧 정신을 차리고 대답했다.

"이건 중원의 무공과 관련된 것이라 간단하게 설명하기 어렵습니다."

"최대한 해 보게."

운정은 한 손으로 턱을 매만지며 말했다.

"여러분들이 엘리멘탈이라고 부르는 이 네 가지 기운. 이것은 자연의 격노를 표현하는 것이라 들었습니다. 맞습니까?"

12장로들은 일제히 고개를 끄덕이곤 다 같이 같은 목소리로 말했다.

"태풍, 지진, 홍수, 화산이지."

운정은 설명했다.

"이들을 따로따로 개별적으로 생각하는 그 개념에서부터 중원과 다릅니다. 중원 또한 이 네 가지 기운. 다시 말하자면 건(Qian), 곤(Kun) 감(Kan) 리(Li)를 구분하긴 합니다. 하지만 이들은 음양(YinYang)으로 대변되고 또 궁극적으론 태극(TaiJi)이라는 하나의 것으로 합쳐집니다."

"실질적인 예를 들면?"

"태풍이 불 땐 홍수가 오기도 합니다. 화산이 일어날 땐 지진도 함께 일어나곤 합니다. 이 네 가지는 서로 다른 것으로 보이지만 사실 하나라는 것입니다."

"그것은 그저 태풍과 홍수가 함께 온 것이고, 화산과 지진 또한 함께 온 것이 아닌가? 그저 두 개의 자연의 격노가 함께 찾아 왔다고 해서 그 둘이 같다고 생각한단 말인가?"

"같다는 것이 아닙니다. 분명 다릅니다. 하지만 서로는 서로의 근원이 되고 또 결과가 됩니다. 다시 말하면 서로가 밀접하게 이어져 있습니다. 그리고 그 넷과 넷 사이의 연결을 위에서 바라보면 하나라는 뜻입니다."

"……"

"……"

장로들은 서로를 보았지만, 그들 중 그 누구도 이해한 듯한 표정이 없었다.

시르퀸이 운정에게 말했다.

"모든 하이엘프들에겐 태초부터 전해지던 예언이 있어요. 엘리멘탈 킹(Elemental King)이 파인랜드에 도래해 저주받아 찢어진 엘프들을 하나로 묶을 것이라고."

"엘리멘탈 킹?"

"저희는 그 예언의 주인공이 당신이 아닌가 해요."

"네 엘리멘탈을 다루는 자가 엘리멘탈 킹인 겁니까? 엘프도 아닌 제가 왜 엘프의 예언의 주인공입니까?"

시르퀸은 고개를 저었다.

"예언은 그저 엘리멘탈 킹이라고 했어요. 하지만 네 엘리멘탈을 다루는 자가 엘리멘탈 킹이 아니라면 누가 엘리멘탈 킹이겠어요? 오직 당신만이 네 엘리멘탈을 모두 다룰 수 있어요. 그리고 오히려 인간이기에 당신이 엘리멘탈 킹이에요. 엘프는 예언의 주인이 될 수 없을 테니."

"……"

운정은 아무 말도 하지 않았다.

장로들은 엘프어로 몇 마디를 주고받았다. 그러곤 다시 운정을 돌아보곤 말했다.

"그럼 다시 운정의 차례이군. 궁금한 것이 무엇인가?"

운정은 우선 전부터 궁금했던 것이 생각이 나 물었다.

"엘프에게 다양성이 가능합니까? 마치 얼마든지 가능한 것처럼 말씀하셨는데, 제가 장로분들에게 들었던 것을 종합적으로 생각하면 불가능한 것 같았습니다."

장로들이 고개를 갸웃했다.

"우리가 다양성이 가능한 것처럼 말했다는 것인가? 언제?"

운정이 대답했다.

"그야 가디언과 와쳐, 그리고 콜렉터를 말하면서… 말하면서… 그러니까. 흐음, 그게."

"운정?"

"아닙니다. 제가 뭔가 착각한 듯합니다. 그러니까, 제 질문
은 '엘프에게 다양성이 존재하는가'입니다. 제가 보이겐 엘프
들은 서로의 이름을 알지 못하면 서로 구분할 수 없을 정도
로 똑같이 생겼습니다. 아마 같은 어머니 나무로부터 나오다
보니, 모든 일족이 마치 쌍둥이처럼 되는 게 아닌가 합니다.
여기 시르퀸만 봐도 각자 자기에게 이름이 있는 것을 보면
다양성이 보장되는 것 같은데, 다양성이 넓게 존재하기 위
해서는 엘프들은 아무래도 종교가 필요하지… 종교가… 종
교."

"운정, 무슨 말을 하는 것인가?"

운정은 눈을 질근 감았다.

"그러니까, 제 질문은 바로… 그게."

"운정?"

운정은 눈을 떴다.

그리고 멍한 표정으로 서서히 고개를 돌리며 중얼거렸
다.

"바르쿠으르. 바르쿠으르. 바르쿠으르?"

"……"

그렇게 결국 시르퀸과 눈이 마주치자 두 눈빛에 강렬한 생

기가 돌았다.

그가 가만히 그를 보고 있는 시르퀸에게 물었다.

"바르쿠으르. 혹시 이곳이 발구르 숲입니까?"

시르퀸이 아무런 말도 하지 않고 운정을 뚫어지게 보았다.

운정은 미스릴 검을 뽑았다.

모든 12장로의 눈에 경계심이 가득해졌다.

시르퀸은 얼굴을 그대로 운정을 향한 채 눈동자만 내려 운정이 들고 있는 미스릴 검을 보았다.

"왜 무기를 드셨죠?"

"하나만 대답해 주시지요. 이곳에서 나가면 제 기억을 지우실 겁니까?"

시르퀸은 말이 없었다.

운정이 그 뜻을 긍정이라 받아들이고 마기를 속에서 끌어올릴 때쯤, 시르퀸이 대답했다.

"그건 디사이더(Decider)가 판단할 문제예요."

"디사이더?"

"어머니의 의중이 없는 다양한 문제에 대해서 결정을 내리는 엘프입니다. 당신이 이곳에 초대된 것과 이곳에 들어올 때까지도 어머니께선 아무런 말이 없으셨으니, 당신에 대한 모든 처사는 디사이더가 결정할 거예요."

"그럼 그가 내 기억을 지우겠다고 하면 기억을 지울 겁

니까?"

"예."

"제가 거절한다면?"

"강제할 겁니다."

"그럼 제가 미스릴 검을 뽑은 것에 대해서, 전혀 이해 못 하지는 않으시겠군요."

시르퀸의 눈빛에는 여전히 강렬한 의문이 있었다.

"이해하지 못해요."

운정은 나지막하게 답했다.

"나는 당신들로부터 나를 보호하려는 겁니다."

시르퀸은 미스릴 검에서 시선을 떼서 운정과 마주 보았다.

"아직 당신에게 해를 끼치겠다는 결정 난 것이 아닌데, 왜 자신을 보호하겠다고 하는 건지 모르겠어요."

"가능성이 있기 때문에 방비하는 겁니다."

"그래서 일찍 죽어요, 인간은."

"예?"

시르퀸은 다시 시선을 내려 운정의 미스릴 검을 보았다.

"확실하지 않은 일에 대해서, 단순히 가능성만이 열려 있다고 모두 방비하려 하니, 어려운 거예요. 아직 그런 결정이 내려지지 않았으니, 검을 집어넣으세요. 당신이 검을 빼 들었

다는 것이 그 결정에 영향을 미친다는 생각을 하지 않으세
요?"

"……."

"오히려 그 행동으로 인해서 디사이더는 당신의 기억을 없
애는 결정을 내릴 수도 있어요. 제 말이 이해가 가죠?"

운정은 조목조목 논리를 말하는 그녀를 보다가 곧 12장로
를 한 번씩 흘겨보았다. 그들은 모두 가만히 앉은 채 경계 어
린 시선으로 운정을 보고 있었다. 하지만 그 누구도 그를 제
지하려는 움직임을 보이지 않았다.

운정이 다시 시르퀸을 보았다.

"제가 검을 뽑았다고 해서 휘두른다는 건 아닙니다."

"네?"

"제가 검을 뽑았다는 행동은 분명 제가 한 것입니다. 하지
만 그것이 꼭 공격으로 이어지리라곤 할 수 없습니다. 시르퀸
당신이야말로 내가 검을 뽑았다는 사실 하나만으로 내가 이
검을 당신들에게 사용할 거라 생각했다면, 가능성에 집착해
과도하게 방비하는 건 제가 아니라 당신입니다."

"……."

"가능성에 대해 가능성으로 방비하는 것이니 잘못된 건 없
습니다."

시르퀸은 운정의 말을 듣고도 굳은 표정으로 일관

했다.

잠깐의 침묵이 흐르고 12장로중 하나가 말했다.

"그래서 자네의 질문은? 명확하지 않아서 이해할 수 없었네."

운정은 눈초리를 좁히며 그 장로를 보았다. 그 장로는 신중한 눈길로 운정의 검을 보고 있었지만, 그가 검을 뽑은 것을 전혀 인지하지 못한 것처럼 대화를 이은 것이다.

운정 또한 검을 들고 있는 채로 말했다.

"그 질문은 과거의 기억이 겹쳐서 한 말입니다. 명확해진 지금 제가 궁금한 것은 다른 것입니다."

"무엇이지?"

"카이랄. 그가 여기 있습니까?"

그의 질문에 다른 장로가 말했다.

"악숀테크(Axyontec)족의 카이랄(Kiraal)을 말하는 것인가?"

"예, 그가 발구르 숲으로 향한다고 했었습니다. 바르쿠으르가 발구르라면, 카이랄이 분명 이곳에 왔으리라 생각합니다만."

운정의 말을 듣고는 그 장로가 고개를 끄덕이며 말했다.

"그는 요트스프림에서 추방된 자. 더 이상 우리와는 아무런 인연이 없네. 그는 경계면에서 와쳐 몇몇을 죽이고 정보를 얻으려다가 사로잡힌 것으로 알고 있네."

"사로잡혔다면, 이곳에 감금되어 있는 것입니까? 그에게 무엇을 얻기 위해서 그를 감금한 것입니까?"

"추방된 엘프들이 네크로멘시 학파의 마법으로 생명을 유지한다는 말이 있지. 그것에 대해서 낱낱이 알아내기 위해서라네."

"……"

운정이 아무런 말이 없자, 장로들은 서로를 보았다.

그리고 맨 끝에 앉은 장로 한 명이 말했다.

"질문이 다 끝났으면 이제 다시 우리 쪽 질문을 하지. 중원의 기술이라고 알려져 있는 무공. 혹 그것을 엘프들이 익힐 수는 있는가? 그 기술에 대해서 전수해 줄 생각은 있는가?"

운정은 그 질문을 들으면서도 답을 하지 않았다. 그 질문의 답을 모르기 때문이 아니라, 장로들의 행동이 선뜻 이해가 가질 않아서였다.

검을 뽑고 카이랄에 대해서 물어본다는 뜻은 당연하지만 유혈 사태를 일으켜서라도 카이랄을 구해 내겠다는 것이다. 그런데 카이랄에 대해서 이리도 순순히 말해 주는 건 무슨 의도인가?

운정은 이제 악슌테크에서 있었던 일을 또렷하게 기억할 수 있었다. 그곳에서 한 와쳐는 운정을 보는 즉시 그를 공격했다. 그리고 카이랄은 운정을 안내해야 하기 때문에 운정을 공격하는 와쳐의 팔을 잘랐다. 그리고 서로는 대화를 통해서 오해를 풀고 각자 갈 길을 갔다. 팔이 잘린 것 자체는 아무런 문제도 되지 않는 듯했다.

　군집(群集)적인 사회를 가진 엘프.

　극도로 집단주의적으로 보이는 그들은 개인이 없는 듯하다.

　하지만 그 속에는 인간보다 더한 개인주의가 있다.

　군집 속에서 자신의 맡은 역할을 한다.

　그리고 그 외의 다른 모든 일에 대해서는 상관하지 않는다.

　운정은 드디어 엘프라는 지성체를 그나마 알 것 같았다.

　그가 말했다.

　"질문의 답은 아직 시도해 본 적이 없어서 모르겠습니다. 대신 무공을 가르쳐 드리겠습니다. 하지만 여기 있는 시르퀸. 이 하이엘프를 통해서만 하겠습니다."

　12장로들은 다시금 서로를 바라보고 눈짓을 교환하더니, 한 명이 대표로 말했다.

"그녀는 하이엘프. 언제고 새로운 보금자리를 찾을 엘프일세. 그녀 말고 콜렉터를 한 명 불러 줄 테니, 그를 통해서 가르쳐 주기를 바라네."

그 말이 끝나기 무섭게 시르퀸이 장로들을 보며 말했다.

"무공을 전수할 때까지 뿌리를 내리지 않겠어요. 제가 모은 모든 씨앗을 어머니께 맡겨 둘 테니, 무공을 모두 익히고 돌아와서 콜렉터에게 가르치면 그때 돌려주세요."

그 장로가 말했다.

"운정의 뜻은?"

운정은 말했다.

"그녀를 통해서만 가르칠 겁니다. 다른 엘프를 문하로 받을 생각은 없습니다. 이후 그녀가 가르치는 것은 허락하겠습니다."

12장로들은 다시금 서로를 보더니 곧 다른 한 명이 대답했다.

"좋네. 그렇게 하게. 그러면 이번에 자네 질문은 무엇인가?"

운정이 대답했다.

"질문에 답을 드린 것이 아니라 요구에 응답한 것이니, 여러분들도 제 요구에 응해 주셨으면 합니다. 카이랄을 풀어 주십시오."

12장로 중 또 다른 자가 대답했다.

"불가능하네. 디사이더가 이미 결정한 것이네. 우리에겐 그 것을 바꿀 권한이 없어."

운정은 고개를 몇 차례 끄덕이더니 말했다.

"좋습니다. 그러면 그가 감금되어 있는 곳까지 저를 안내해 주십시오."

그 장로가 시르퀸에게 말했다.

"키퍼(Keeper) 알투레에게 있네. 그에게 찾아가면 카이랄을 만날 수 있을 것이네."

시르퀸이 고개를 끄덕이는 것을 본 운정은 그대로 그녀에게 말했다.

"갑시다."

"지금?"

"나는 더 이상 물어볼 것이 없으니, 더 답해 줄 이유도 없습 니다. 그렇지 않습니까?"

12장로 중 중앙에 있는 한 명이 말했다.

"더 대화할 의사가 없다면 여기까지겠지. 약속한 내용은 지 켜 주시게."

그 말이 끝나자, 12장로들은 일제히 눈을 감았다. 그리고 그대로 잠에 빠진 것처럼 미동조차 하지 않았다.

그런 그들을 둘러보던 운정은 그 열매 밖으로 걸어가며 시르퀸에게 말했다.

"안내해 주십시오."

시르퀸은 그를 따라 나가서 앞장섰다. 그리고 운정을 향해서 손을 뻗었고, 운정은 그 손을 잡았다. 그렇게 시르퀸이 한 발을 내딛자, 세상이 선으로 변했다.

그녀가 말했다.

"카이랄을 만나는 건 키퍼들이 아무런 말도 하지 않을 거예요. 하지만 그를 데리고 나오려 한다면 무슨 일이 벌어질지 몰라요."

"각오하고 있습니다. 그런데 저도 당신에게 묻고 싶습니다. 당신이 다른 엘프들보다 그나마 융통성이 있는 것은 하이엘프이기 때문입니까?"

"융통성?"

운정은 잠시 고민했다.

"융통성보다는 개인성이라고 할까요."

시르퀸은 줄기 위를 걸으면서 운정의 말에 대해 조금 생각하곤 말했다.

"무슨 말인지 알겠어요. 엘프어로는 'Rodalesitojuda'라고 하죠. 그것이 진한 개체일수록 맡은 일이 간단하고 뚜렷하며 그것이 옅은 개체일수록 맡은 일이 복잡하고 불투명하죠. 하이엘프의 목적은 번식. 당신의 생각엔 어떤 거 같아요?"

"번식하기 위해선 엘프 사회를 전반적으로 이해하고 또 타종족의 씨앗을 모으는 등, 다양한 일을 해야 하니, 열을 거라고 생각합니다."

"맞아요. 하이엘프는 엘프족 내에서 Rodalesitojuda가 두 번째로 열어요. 당신도 그것을 느꼈기 때문에 저를 통해서 무공을 가르친다고 하신 것 아닌가요?"

운정은 부정할 수 없었다.

"몇 번이나 느낀 것이지만, 엘프들은 집단성과 개인성을 합쳐놓은 그 무언가, 그러니까 당신이 방금 말한 그 단어가 진하면 진할수록 인간의 사고방식이 통하지 않는 듯합니다. 카이랄도 당신도 그나마 인간 같은 것이로군요."

시르퀸이 천천히 말했다.

"인간들이 평생 한 번이라도 마주할 만한 엘프는 씨앗을 찾으러 다니는 하이엘프가 거의 대부분이에요. 그 때문에 인간들은 엘프 모두가 아름답다고 잘못된 인식을 가지고 있기도 하고 또 어느 정도 사고방식이 비슷한 면이 있다고 생각하기도 하죠. 하지만 인간과 엘프는 방금 보셨듯이……."

"절대로 서로를 이해할 순 없을 겁니다. 아니, 이해하더라고 공감할 수 없을 겁니다."

"맞아요. 엘프 중에서도 Rodalesitojuda가 옅디옅은 저. 그리고 인간 중에서도 Rodalesitojuda가 남다르게 강한 당신. 그나마 그런 우리니까 서로와 관계할 수 있는 것이죠."

"……."

"제가 왜 당신을 엘리멘탈 킹이라 생각하시는지 알겠어요?"

운정은 고개를 끄덕였다.

"엘프는 자신의 역할에서 벗어날 수 없으니, 그 누구도 엘리멘탈 킹이라는 역할을 할 수 없을 겁니다. 그러니 타 종족이어야 하죠."

"그리고 네 엘리멘탈을 부리는 인간인 당신이야말로 예언의 주인공이 아니겠어요? 다 왔어요."

그녀의 말이 끝나기 무섭게 세상은 선에서부터 형태를 갖췄다.

그들은 마치 위에서부터 수십 조각으로 베여 꽃잎처럼 사방으로 잘린 가지를 펼치고 있는 나무줄기 한복판에 있었다. 그리고 그렇게 잘린 나무줄기들은 각각 자기들의 방향으로 뻗어 있었는데, 중간중간 둥그런 형태의 감옥들이 만들어져 있었다.

키퍼로 보이는 꽤 많은 수의 엘프들이 감옥 사이를 오가면서 안에 갇혀 있는 생물들의 상태를 하나씩 살피고 있었다. 감옥 안에는 각양각색의 생물들이 있었는데 엘프로 보이는 자들도 상당수였다.

그중 검은색 피부를 가지고 있는 엘프는 단 한 명이었다.

운정은 카이랄을 발견하고 그곳으로 경공을 펼쳐 빠르게 다가갔다.

탓. 탓. 탓.

엘프에게선 절대로 찾아볼 수 없는 그 움직임 때문에, 그 나무에 있었던 모든 키퍼들의 시선이 운정을 향했다. 운정은 그 시선들에도 아랑곳하지 않고, 나무 감옥에서 기절한 채로 누워 있는 카이랄의 상태를 확인했다.

"뱀파이어이니 호흡 소리도 들리지 않고… 직접 만져 보지 않는 한 모르겠어."

운정은 미스릴 검을 뽑았다.

그러자 어느새 그의 옆에 다가온 시르퀸이 그의 어깨에 손을 올리며 말했다.

"그를 빼내려 한다면 돌이킬 수 없을 거예요."

운정은 고개를 끄덕이며 말했다.

"압니다."

그는 미스릴 검으로 나무 감옥의 창살을 시원하게 잘라 버렸다.

그리고 그 즉시 그를 주시하던 모든 키퍼들은 자신들의 머리카락을 활시위에 걸었다.

『천마신교 낙양본부』 10권에 계속…